魯迅雜文精選 3

經典新版

華蓋集

魯迅——著

萬家墨面沒蒿萊，
敢有歌吟動地哀；
心事浩茫連廣宇，
於無聲處聽驚雷。

魯迅

華蓋集 目錄

華蓋集 目錄

出版小引

還原歷史的真貌——讓魯迅作品自己說話

陳曉林

中國自有新文學以來，魯迅當然是引起最多爭議和震撼的作家。但無論是擁護魯迅的人士，或是反對魯迅的人士，至少有一項顯而易見的事實，是受到雙方公認的：魯迅是現代中國最偉大的作家。

時至今日，以魯迅作品為研究題材的論文與專書，早已俯拾皆是，汗牛充棟。全世界以詮釋魯迅的某一作品而獲得博士學位者，也早已不下百餘位之多。而中國大陸靠「核對」或「注解」魯迅作品為生的學界人物，數目上更超過台灣以「研究」孫中山思想為生的人物數倍以上。但遺憾的是，台灣的讀者卻始終無緣全面性地、無偏見地看到魯迅作品的真貌。

事實上，魯迅自始至終是一個文學家、思想家、雜文家，而不是一個翻雲覆雨的政治人物。中國大陸將魯迅捧抬為「時代的舵手」、「青年的導師」，固然是以政治手段扭曲了魯迅作品的真正精神；台灣多年以來視魯迅為「洪水猛獸」、「離經叛道」，不讓魯迅作品堂堂正正出現在讀者眼前，也是割裂歷史真相的笨拙行徑。試想，談現代中國文學，談三十年代作品，而竟獨漏了魯迅這個人和他的著作，豈止是造成半世紀來文學史「斷層」的主因？在明眼人看來，這根本是一個對文學毫無常識的、天大的笑話！

正因為海峽兩岸基於各自的政治目的，對魯迅作品作了各種各樣的扭曲或割裂；而研究魯迅作品的文人學者又常基於個人一己的好惡，而誇張或抹煞魯迅作品的某些特色，以致魯迅竟成為近代中國文壇最離奇的「謎」，及最難解的「結」。

其實，若是擱置激情或偏見，平心細看魯迅的作品，任何人都不難發現：

一、魯迅是一個真誠的人道主義者，他的作品永遠在關懷和呵護受侮辱、受傷害的苦難大眾。

二、魯迅是一個文學才華遠遠超邁同時代水平的作家，就純文學領域而言，他的《吶喊》、《徬徨》、《野草》、《朝花夕拾》，迄今仍是現代中國最夠深度、結構也最為嚴謹的小說與散文；而他所首創的「魯迅體雜文」，冷風熱血，犀利真摯，抒情析理，兼而有之，亦迄今仍無人可以企及。

三、魯迅是最勇於面對時代黑暗與人性黑暗的作家，他對中國民族性的透視，以及對專制勢力的抨擊，沉痛真切，一針見血。

四、魯迅是涉及論戰與爭議最多的作家，他與胡適、徐志摩、梁實秋、陳西瀅等人的筆戰，迄今仍是現代文學史上一樁樁引人深思的公案。

五、魯迅是永不迴避的歷史見證者，他目擊身歷了清末亂局、辛亥革命、軍閥混戰、黃埔北伐，以及國共分裂、清黨悲劇、日本侵華等一連串中國近代史上掀天揭地的鉅變，秉筆直書，言其所信，孤懷獨往，昂然屹立，他自言「橫眉冷對千夫指，俯首甘為孺子牛」，可見他的堅毅與孤獨。

現在，到了還原歷史真貌的時候了。隨著海峽兩岸文化交流的展開，再沒有理由讓魯迅作品長期被掩埋在謊言或禁忌之中了。對魯迅這位現代中國最重要的作家而言，還原歷史真貌最簡單、也最有效的方法，就是讓他的作品自己說話。

不要以任何官方的說詞、拼湊的理論，或學者的「研究」來混淆了原本文氣磅礴、光焰萬丈的魯迅作品；而讓魯迅作品如實呈現在每一個人面前，是魯迅的權利，也是每位讀者的權利。

恩怨俱了，塵埃落定。畢竟，只有真正卓越的文學作品是指向永恆的。

題記

在一年的盡頭的深夜中，整理了這一年所寫的雜感，竟比收在《熱風》裡的整四年中所寫的還要多。意見大部分還是那樣，而態度卻沒有那麼質直了，措辭也時常彎彎曲曲，議論又往往執滯在幾件小事情上，很足以貽笑於大方之家[1]。然而那又有什麼法子呢。我今年偏遇到這些小事情，而偏有執滯於小事情的脾氣。

我知道偉大的人物[2]能洞見三世，觀照一切，歷大苦惱，嘗大歡喜，發大慈悲。但我又知道這必須深入山林，坐古樹下，靜觀默想，得天眼通，離人間愈遠遙，而知人間也愈深，愈廣；於是凡有言說，也愈高，愈大；於是而為天人師。

我幼時雖曾夢想飛空，但至今還在地上，救小創傷尚且來不及，那有餘暇使心開意豁，立論都公允妥洽，平正通達，像「正人君子」[3]一般；正如沾水小蜂，只在泥土上爬來爬去，萬不敢比附洋樓中的通人[4]，但也自有悲苦憤激，決非洋樓中的通人所能領會。

這病痛的根柢就在我活在人間，又是一個常人，能夠交著「華蓋運」。

我平生沒有學過算命，不過聽老年人說，人是有時要交「華蓋運」的。這「華蓋」在他們口頭上大概已經訛作「鑊蓋」了，現在加以訂正。所以，這運，在和尚是好運：頂有華蓋，自然是成佛作祖之兆。但俗人可不行，華蓋在上，就要給罩住了，只好碰釘子。我今年開手作雜感時，就碰了兩個大釘子：一是為了《咬文嚼字》，一是為了《青年必讀書》。

署名和匿名的豪傑之士的罵信，收了一大捆，至今還塞在書架下。此後又突然遇見了一些所謂學者，文士，正人，君子等等，據說都是講公話，談公理，而且深不以「黨同伐異」[5]為然的。可惜我和他們太不同了，所以也就被他們伐了幾下，——但這自然是為「公理」[6]之故，和我的「黨同伐異」不同。這樣，一直到現下還沒有完結，只好「以待來年」[7]。

也有人勸我不要做這樣的短評。那好意，我是很感激的，而且也並非不知道創作之可貴。然而要做這樣的東西的時候，恐怕也還要做這樣的東西，我以為如果藝術之宮裡有這麼麻煩的禁令，倒不如不進去；還是站在沙漠上，看看飛沙走石，樂則大笑，悲則大叫，憤則大罵，即使被沙礫打得遍身粗糙，頭破血流，而時時撫摩自己的凝血，覺得若有花紋，也未必不及跟著中國的文士們[8]去陪莎士比亞吃黃油麵包之有趣。

然而只恨我的眼界小，單是中國，這一年的大事件也可以算是很多的了，我竟往往沒有論及，似乎無所感觸。我早就很希望中國的青年站出來，對於中國的社會，文明，都毫無忌憚地加以批評，因此曾編印《莽原週刊》[9]，作為發言之地，可惜來說話的竟很少。在別的刊物上，倒大抵是對於反抗者的打擊，這實在是使我怕敢想下去的。

現在是一年的盡頭的深夜，深得這夜將盡了，我的生命，至少是一部分的生命，已經耗費在寫這些無聊的東西中，而我所獲得的，乃是我自己的靈魂的荒涼和粗糙。但是我並不懼憚這些，也不想遮蓋這些，而且實在有些愛他們了，因為這是我轉輾而生活於風沙中的瘢痕。凡有自己也覺得在風沙中轉輾而生活著的，會知道這意思。

我編《熱風》時，除遺漏的之外，又刪去了好幾篇。這一回卻小有不同了，一時的雜感一類的東西，幾乎都在這裡面。

一九二五年十二月三十一日之夜，記於綠林書屋[10]東壁下

【注釋】

1 見識廣博的人。《莊子·秋水》：「吾長見笑於大方之家。」

2 這裡指佛教創始人釋迦牟尼（約前五六五—前四八六）。佛經說他有感於人生的生、老、病、死等苦惱，在二十九歲時出家，苦行六年，仍未得解脫的途徑。後來坐在菩提樹下苦思七日，終於悟出了佛理。下文的三世，佛家語，指過去、現在、未來。天眼通，也是佛家語，所謂「六通」（六種廣大的「神通」）之一，即能透視常人目力所不能見的東西。天人師，佛的稱號。

3 指現代評論派的胡適、陳西瀅、王世杰等。他們在一九二五年北京女子師範大學風潮中，站在北洋政府一邊，竭力為章士釗迫害學生的行為辯護，攻擊魯迅和女師大進步師生，當時曾被擁護北洋軍閥的《大同晚報》稱讚為「正人君子」。

4 博古通今、學識淵博的人。這裡是對陳西瀅一類人的諷刺。當時北洋政府教育總長章士釗在他主編的《甲寅》週刊第一卷第二號（一九二五年七月二十五日）發表的《孤桐雜記》中曾稱讚陳西瀅說：「陳君本字通伯。的是當今通品。」

5 語見《後漢書·黨錮傳序》。糾合同夥，攻擊異己的意思。陳西瀅在《現代評論》第三卷五十三

期（一九二五年十二月十二日）的《閒話》中曾用此語影射攻擊魯迅說：「中國人是沒有是非的……凡是同黨，什麼都是好的，凡是異黨，什麼都是壞的。」

6 參看本書《「公理」的把戲》。

7 語見《孟子・滕文公》。

8 指陳西瀅、徐志摩等人。他們都曾留學英國，自以為深通英國文學，研究過莎士比亞，並常常以此自炫。如徐志摩在一九二五年十月二十六日《晨報副刊》發表的《漢姆雷德與留學生》一文中說：「我們是去過大英國，莎士比亞是英國人，他寫英文的，我們懂英文的，在學堂裡研究過他的戲，……英國留學生難得高興時講他的莎士比亞，多體面多夠根兒的事情，你們沒到過外國看不完全原文的當然不配插嘴，你們就配扁著耳朵悉心的聽。……沒有我們是不成的，信不信？」陳西瀅在同月二十一日《晨報副刊》發表的《聽琴》一文中也說「不愛莎士比亞你就是傻子」。莎士比亞（W.Shakespeare，一五六四—一六一六），歐洲文藝復興時期英國戲劇家、詩人。著有劇本《仲夏夜之夢》、《羅密歐與茱麗葉》、《哈姆雷特》等三十七種。

9 文藝刊物，魯迅編輯。一九二五年四月二十四日創刊於北京，附《京報》發行，同年十一月二十七日出至第三十二期休刊。後於一九二六年一月十日改為半月刊，由未名社發行，至一九二七年十二月二十五日停刊，共出四十八期。該刊所載文字大都是對舊社會和舊文化的批判。魯迅在《兩地書・一七》中曾說：「中國現今文壇（？）的狀況，實在不佳，但究竟做詩及小說者尚有人。最缺少的是『文明批評』和『社會批評』，我之以《莽原》起鬨，大半也就為了想由此引些新的這一種批評者來，……繼續撕去舊社會的假面。」

10 西漢末年，王匡、王鳳等在綠林山（在今湖北當陽）聚集農民起義，號「綠林兵」，後來就以「綠林」或「綠林好漢」泛指聚居山林反抗官府或搶劫財物的人們。一九二五年北洋政府教育部專門教育司司長劉百昭和現代評論派的一些人，曾辱罵魯迅及其他反對章士釗、支持女師大學生鬥爭的教員為「土匪」「學匪」（參看本書《「公理」的把戲》和《華蓋集續編》學界的三魂），作者因戲稱自己的書室為「綠林書屋」。

一九二五年

咬文嚼字（一～二）[1]

一

以擺脫傳統思想的束縛而來主張男女平等的男人，卻偏喜歡用輕靚豔麗字樣來譯外國女人的姓氏：加些草頭，女旁，絲旁。不是「思黛兒」，就是「雪琳娜」。西洋和我們雖然遠哉遙遙，但姓氏並無男女之別，卻和中國一樣的，——除掉斯拉夫民族在語尾上略有區別之外。所以如果我們周家的姑娘不另姓綢，陳府上的太太也不另姓蔯，則歐文[2]的小姐正無須改作嫗紋，對於托爾斯泰[3]夫人也不必格外費心，特別寫成妥嬭絲苔也。

以擺脫傳統思想的束縛而來介紹世界文學的文人，卻偏喜歡使外國人姓中國姓：Gogol 姓郭；Wilde 姓王；D'Annunzio 姓段，一姓唐；Holz 姓何；Gorky 姓高；Galsworthy 也姓高[4]，假使他談到 Gorky，大概是稱他「吾家 rky」[5]的了。我真萬料不到一本《百家姓》[6]，到現在還有這般偉力。

一月八日

二

古時候，咱們學化學，在書上很看見許多「金」旁和非「金」旁的古怪字，據說是原質[7]名目，偏旁是表明「金屬」或「非金屬」的，那一邊大概是譯音。但是，「鎄，鎴，錫，錯，矽[8]」，連化學先生也講得很費力，總須附加道：「這回是熟悉的悉。這回是休息的息了。這回是常見的錫。」而學生們為要記得符號，仍須另外記住拉丁字。

現在漸漸譯起有機化學來，因此這類怪字就更多了，也更難了，幾個字拼合起來，像貼在商人帳桌面前的將「黃金萬兩」拼成一個的怪字[9]一樣。中國的化學家多能兼做新倉頡[10]。我想，倘若就用原文，省下造字的功夫來，一定於本職的化學上更其大有成績，因為中國人的聰明是決不在白種人之下的。

在北京常看見各樣好地名：辟才胡同，乃茲府，丞相胡同，協資廟，高義伯胡同，貴人關。但探起底細來，據說原是劈柴胡同，奶子府，繩匠胡同，蝎子廟，狗尾巴胡同，鬼門關。字面雖然改了，涵義還依舊。這很使我失望；否則，我將鼓吹改奴隸二字為「弩理」，或是「努禮」，使大家可以永遠放心打盹兒，不必再愁什麼了。但好在似乎也並沒有什麼人愁著，爆竹畢畢剝剝地都祀過財神了。

二月十日

【注釋】

1 本篇最初分兩次發表於一九二五年一月十一日、二月十二日北京《京報副刊》。本篇第一節發表後，即遭到廖仲潛、潛源等人的反對，作者為此又寫了《咬嚼之餘》和《咬嚼未始「乏味」》二文（收入《集外集》）予以反駁，可參看。

2 英、美人的姓。如美國有散文家華盛頓·歐文（W.Irving，一七八三—一八五九）。

3 俄國人的姓。如俄國作家列夫·托爾斯泰（Л.Н.Толстой，一八二八—一九一〇）。

4 果戈理（Н.В.Гоголь-Яновский，一八〇九—一八五二），曾有人譯為郭歌里，俄國作家。

Wilde，王爾德（一八五六—一九〇〇），英國作家。
D'Annunzio，鄧南遮（一八六三—一九三八），曾有人譯為唐南遮，義大利作家。
Holz，何爾茲（一八六三—一九二九），德國作家。
Gorky，高爾基（Максим Горький，一八六八—一九三六）：蘇聯無產階級作家。
Galsworthy，高爾斯華綏（一八六七—一九三三），英國作家。

5 即吾家爾基。舊時常稱同宗的人為「吾家某某」，有些人為了攀附名人，抬高自己，連同姓的也都稱「吾家某某」。這裡是對當時某些文人把「高爾基」誤為姓高名爾基的諷刺。

6 舊時學塾所用的識字課本。宋初人編，係將姓氏連綴為四言韻語，以便誦讀。

7 元素的舊稱。

8 化學元素的舊譯名。其中除錫外，其他四種的今譯名順序為鉋、鍶、鈽、硅。

9 「黃金萬兩」拼成的怪字，形如「𪫺」。

10 亦作「蒼頡」，相傳是黃帝的史官，漢字最初的創造者。

青年必讀書[1]

——應《京報副刊》[2]的徵求

青年必讀書：

從來沒有留心過，所以現在說不出。

附注：

但我要趁這機會，略說自己的經驗，以供若干讀者的參考——

我看中國書時，總覺得就沉靜下去，與實人生離開；讀外國書——但除了印度——時，往往就與人生接觸，想做點事。

中國書雖有勸人入世的話，也多是殭屍的樂觀；外國書即使是頹唐和厭世的，但卻是活人的頹唐和厭世。

我以為要少——或者竟不——看中國書，多看外國書。

少看中國書，其結果不過不能作文而已。但現在的青年最要緊的是「行」，不是「言」。只要是活人，不能作文算什麼大不了的事。

二月十日。

【注釋】

1 本篇最初發表於一九二五年二月二十一日《京報副刊》。

一九二五年一月間，《京報副刊》刊出啟事，徵求「青年愛讀書」和「青年必讀書」各十部的書目。本文是作者應約對後一項所作的答覆。它發表後，曾有人在報上進行攻擊。對此問題，後來作者又寫了《聊答「……」》、《報〈奇哉所謂……〉》等文（收入《集外集拾遺》）。

2 《京報》的一種副刊，孫伏園編輯，一九二四年十二月創刊。《京報》乃邵飄萍創辦的具有進步色彩的報紙，一九一八年十月創刊於北京，一九二六年四月被奉系軍閥張作霖查封。

忽然想到（一～四）[1]

一

做《內經》[2]的不知道究竟是誰。對於人的肌肉，他確是看過，但似乎單是剝了皮略略一觀，沒有細考校，所以亂成一片，說是凡有肌肉都發源於手指和足趾。宋的《洗冤錄》[3]說人骨，竟至於謂男女骨數不同；老仵作之談，也有不少胡說。然而直到現在，前者還是醫家的寶典，後者還是檢驗的南針：這可以算得天下奇事之一。

牙痛在中國不知發端於何人？相傳古人壯健，堯舜時代蓋未必有；現在假定為起於二千年前罷。我幼時曾經牙痛，歷試諸方，只有用細辛[4]者稍有效，但也不過麻痹片刻，不是對症藥。至於拔牙的所謂「離骨散」，乃是理想之談，實際上並沒有。西法的牙醫一到，這才根本解決了；但在中國人手裡一再傳，又每每只學得鑲補而忘了去腐殺菌，仍復漸漸地靠不住起來。牙痛了二千年，敷敷衍衍的不想一個好方法，別人想出來了，卻又不肯好好地學：這大約也可以算得天下奇事之二罷。

康聖人[5]主張跪拜，以為「否則要此膝何用」。走時的腿的動作，固然不易於看得分明，但忘記了坐在椅上時候的膝的曲直，則不可謂非聖人之疏於格物[6]也。身中間脖頸最細，古人則於此斫之，臀肉最肥，古人則於此打之，其格物都比康聖人精到，後人之愛不忍釋，實非無因。所以僻縣尚打小板子，去年北京戒嚴時亦嘗恢復殺頭，雖延國粹於一脈乎，而亦不可謂非天下奇事之三也！

一月十五日

二

校著《苦悶的象徵》[7]的排印樣本時，想到一些瑣事——

我於書的形式上有一種偏見，就是在書的開頭和每個題目前後，總喜歡留些空白，所以付印的時候，一定明白地注明。但待排出寄來，卻大抵一篇一篇擠得很緊，並不依所注的辦。查看別的書也一樣，多是行行擠得極緊的。

較好的中國書和西洋書，每本前後總有一兩張空白的副頁，上下的天地頭也很寬。而近來中國的排印的新書則大抵沒有副頁，天地頭又都很短，想要寫上一點意見或別的什麼，也無地可容，翻開書來，滿本是密密層層的黑字；加以油臭撲鼻，使人發生一種壓迫和窘促之感，不特很少「讀書之樂」，且覺得彷彿人生已沒有「餘裕」，「不留餘地」了。

或者也許以這樣的為質樸罷。但質樸是開始的「陋」，精力彌滿，不惜物力的。現在的卻是復歸於陋，而質樸的精神已失，所以只能算窳敗，算墮落，也就是常談之所謂「因陋就簡」。在這樣「不留餘地」空氣的圍繞裡，人們的精神大抵要被擠小的。

外國的平易地講述學術文藝的書，往往夾雜些閒話或笑談，使文章增添活氣，讀者感到格外的興趣，不易於疲倦。但中國的有些譯本，卻將這些刪去，單留下艱難的講學語，使他復近於教科書。這正如折花者；除盡枝葉，單留花朵，折花固然是折花，然而花枝的活氣卻滅盡了。人們到了失去餘裕心，或不自覺地滿抱了不留餘地心時，這民族的將來恐怕就可慮。

上述的那兩樣，固然是比牛毛還細小的事，但究竟是時代精神表現之一端，所以也可以類推到別樣。例如現在器具之輕薄草率（世間誤以為靈便），建築之偷工減料，辦事之敷衍一時，不要「好看」，不想「持久」，就都是出於同一病源的。即再用這來類推更大的事，我以為也行。

一月十七日

三

我想，我的神經也許有些瞀亂了。否則，那就可怕。

我覺得彷彿久沒有所謂中華民國。

我覺得革命以前，我是做奴隸；革命以後不多久，就受了奴隸的騙，變成他們的奴隸了。

我覺得有許多民國國民而是民國的敵人。

我覺得有許多民國國民很像住在德法等國裡的猶太人，他們的意中別有一個國度。

我覺得許多烈士的血都被人們踏滅了，然而又不是故意的。

我覺得什麼都要從新做過。

退一萬步說罷，我希望有人好好地做一部民國的建國史給少年看，因為我覺得民國的來源，實在已經失傳了，雖然還只有十四年！

二月十二日

四

先前，聽到二十四史不過是「相斫書」，是「獨夫的家譜」一類的話[8]，便以為誠然。後來自己看起來，明白了：何嘗如此。

歷史上都寫著中國的靈魂，指示著將來的命運，只因為塗飾太厚，廢話太多，所以很不容易察出底細來。正如通過密葉投射在霉苔上面的月光，只看見點點的碎影。但如看野史和雜記，可更容易了然了，因為他們究竟不必太擺史官的架子。

秦漢遠了，和現在的情形相差已多，且不道。元人著作寥寥。至於唐宋明的雜史之類，則現在多有。試將記五代，南宋，明末的事情的，和現今的狀況一比較，就當驚心動魄於何其相似之甚，彷彿時間的流駛，獨與我們中國無關。現在的中華民國也還是五代，是宋末，是明季。

以明末例現在，則中國的情形還可以更腐敗，更破爛，更凶酷，更殘虐，現在還不算達到極點。但明末的腐敗破爛也還未達到極點，因為李自成，張獻忠[9]鬧起來了。而張李的凶酷殘虐也還未達到極點，因為滿洲兵進來了。

難道所謂國民性者，真是這樣地難於改變的麼？倘如此，將來的命運便大略可想了，也還是一句爛熟的話：古已有之。

伶俐人實在伶俐，所以，決不攻難古人，搖動古例的。古人做過的事，無論什麼，今人也都會做出來。而辯護古人，也就是辯護自己。況且我們是神州華胄，敢不「繩其祖武」[10]麼？

幸而誰也不敢十分決定說：國民性是決不會改變的。在這「不可知」中，雖可有破例——即其情形為從來所未有——的滅亡的恐怖，也可以有破例的復生的希望，這或者可作改革者的一點慰藉罷。

但這一點慰藉，也會勾消在許多自詡古文明者流的筆上，淹死在許多誣告新文明者流的嘴上，撲滅在許多假冒新文明者流的言動上，因為相似的老例，也是「古已有之」的。

其實這些人是一類，都是伶俐人，也都明白，中國雖完，自己的精神是不會苦的，——因為都能變出合式的態度來。倘有不信，請看清朝的漢人所做的頌揚武功的文章去，開口「大兵」，閉口「我軍」，你能料得到被這「大兵」「我軍」所敗的就是漢人的麼？你將以為漢人帶了兵將別的一種什麼野蠻腐敗民族殲滅了。

然而這一流人是永遠勝利的，大約也將永久存在。在中國，惟他們最適於生存，而他們生存著的時候，中國便永遠免不掉反覆著先前的運命。

「地大物博，人口眾多」，用了這許多好材料，難道竟不過老是演一齣輪迴[11]把戲而已麼？

二月十六日

【注釋】

1 本篇最初分四次發表於一九二五年一月十七日、二十日、二月十四日、二十日《京報副刊》。當第一節發表時，作者曾寫有《附記》如下：

「我是一個講師，略近於教授，照江震亞先生的主張，似乎也是不當署名的。但我也曾用幾個假名發表過文章，後來卻有人詰責我逃避責任；況且這回又帶些攻擊態度，所以終於署名了。但所署的也不是真名字；但也近於真名字，仍有露出講師馬腳的弊病，無法可想，只好這樣罷。又為避免糾紛起見，還得聲明一句，就是：我所指摘的中國古今人，乃是一部分，別有許多很好的古今人不在內！然而這麼一說，我的雜感真成了最無聊的東西了，要面面顧到，是能夠這樣使自己變成無價值。」

按這裡說的「不當署名」，係針對一九二五年一月十五日《京報副刊》所載署名江震亞的《學者說話不會錯？》一文而發。江震亞在這篇文章中說：

「相信『學者說話不會錯』，是評論界不應有的態度。我想要免除這個弊病，最好是發表文字不署名。」他認為「當一個重要問題發生時，總免不了有站在某某一邊的人，來替某某辯論」。而且因為某某「是大學的教授，所以他的話不錯」，某某「是一個大學生，所以他的話錯了」。

2 即《黃帝內經》，我國現存最早的一部醫學文獻。約為戰國秦漢時醫家彙集古代及當時醫學資料纂述而成。全書分《素問》和《靈樞》兩部分，共十八卷。「肌肉都發源於手指和足趾」的說法，見《靈樞．經筋第十三》。

3 宋代宋慈著，共五卷，是一部較完整的法醫學專著。「男女骨數不同」的說法見於該書《驗骨》。

4 多年生草本植物，中醫以全草入藥。

5 指康有為（一八五八—一九二七），字廣廈，號長素，廣東南海人，清末維新運動的領袖。一八九八年（清光緒二十四年）變法維新失敗後，他堅持君主立憲的主張，組織保皇黨，反對孫中山領導的民主革命運動。辛亥革命後，又與北洋軍閥張勳扶植清廢帝溥儀復辟。梁啟超在《康有為傳》中說他「成童之時，便有志於聖賢之學，鄉里俗子笑之，戲號之曰『聖人為』，蓋以其開口輒曰聖人聖人也。」

「否則要此膝何用」一語，常見於康有為鼓吹尊孔的文電中，如他在《請飭全國祀孔仍行跪拜禮》中說：「中國民不拜天，又不拜孔子，留此膝何為？」又在《以孔教為國教配天議》中說：「中國人不敬天亦不敬教主，不知其留此膝以傲慢何為也？」

6 推究事物的道理。《禮記．大學》中有「致知在格物，物格而後知至」的話。

7 文藝論文集，日本廚川白村著。曾由魯迅譯為中文，一九二四年十二月北京新潮社出版。

8 清乾隆時「欽定」為「正史」的從《史記》到《明史》等二十四部史書。「相斫書」，意思是記載互相殺戮的書，語見《三國志．魏書》卷十三注引魚豢《魏略》：「豢又常從（隗禧）問《左氏傳》，禧答曰：『……《左氏》直相斫書耳，不足精意也。』」

「獨夫的家譜」，意思是記載帝王一姓世系的書，梁啟超在《中國史界革命案》一文中曾說：「二十四史非史也，二十四姓之家譜而已。」

9 李自成（一六〇六—一六四五）：陝西米脂人，明末農民起義領袖。一六二九年（崇禎二年）起義，後被推為闖王。一六四四年（崇禎十七年）一月在西安建立大順國，三月攻入北京。後明將吳三桂勾引清兵入關，李兵敗退出北京，次年在湖北通山縣九宮山被害。

張獻忠（一六〇六—一六四六），延安柳樹澗（今陝西定邊東）人，明末農民起義領袖。一六三〇年（明崇禎三年）起義，一六四四年入川，在成都建立大西國。一六四六年（清順治三年）在川北鹽亭界為清兵所害。舊時史書（包括野史和雜記）中都有渲染李、張好殺人的記載。

10 語見《詩經．大雅．下武》。繩，繼續；武，步伐。

11佛家語。佛教以為生物各依其所作的「業」（修行的深淺、積德的多少、作惡的大小），永遠在「六道」（天道、人道、阿修羅道、地獄道、餓鬼道、畜生道）中生生死死，循環轉化不已。

通訊[1]

一

旭生[2]先生：

前天收到《猛進》[3]第一期，我想是先生寄來的，或者是玄伯[4]先生寄來的。無論是誰寄的，總之：我謝謝。

那一期裡有論市政的話，使我忽然想起一件不相干的事來。我現在住在一條小胡同裡，這裡有所謂土車者，每月收幾吊錢，將煤灰之類搬出去。搬出去怎麼辦呢？就堆在街道上，這街就每日增高。有幾所老房子，只有一半露出在街上的，就正在預告著別的房屋的將來。我不知道什麼緣故，見了這些人家，就像看見了中國人的歷史。

姓名我忘記了，總之是一個明末的遺民，他曾將自己的書齋題作「活埋庵」[5]。誰料現在的北京的人家，都在建造「活埋庵」，還要自己拿出建造費。看看報章上的論壇，「反改革」的空氣濃厚透頂了，滿車的「祖傳」，「老例」，「國粹」等等，都想來堆在道路上，將所有的人家完全活埋下去。

「強聒不舍」[6]，也許是一個藥方罷，但據我所見，則有些人們——甚至於竟是青年——的論調，簡直和「戊戌政變」[7]時候的反對改革者的論調一模一樣。你想，二十七年了，還是這樣，豈不可怕。大約國民如此，是絕不會有好的政府的；好的政府，或者反而容易倒。也不會有好議員的；現在常有人罵議員，說他們收賄，無特操，趨炎附勢，自私自利，但大多數的國民，豈非正是如此的麼？這類的議員，其實確是國民的代表。

我想，現在的辦法，首先還得用那幾年以前《新青年》上已經說過的「思想革命」[8]。還是這一句話，雖然未免可悲，但我以為除此沒有別的法。而且還是準備「思想革命」的戰士，和目下的社會無關。待到戰士養成了，於是再決勝負。我這種迂遠而且渺茫的意見，自己也覺得是可嘆的，但我希望於《猛進》的，也終於還是「思想革命」。

魯迅　三月十二日

魯迅先生：

你所說底「二十七年了，還是這樣，」誠哉是一件極「可怕」的事情。人類思想裡面，本來有一種惰性的東西，我們中國人的惰性更深。惰性表現的形式不一，而最普通的，第一就是聽天任命，第二就是中庸。聽天任命和中庸的空氣打不破，我國人的思想，永遠沒有進步的希望。

你所說底「講話和寫文章，似乎都是失敗者的徵象。正在和運命惡戰的人，顧不到這些。」實在是最痛心的話。但是我覺得從另外一方面看，還有許多人講話和寫文章，還可以證明人心的沒有全死。可是這裡需要有分別，必須要是一種不平的呼聲，不管是冷嘲或熱罵，才是人心未全死的證驗。如果不是這樣，換句話說，如果他的文章裡面，不用很多的「！」，不管他說的寫的怎麼樣好聽，那人心已經全死，亡國不亡國，倒是第二個問題。

「思想革命」，誠哉是現在最重要不過的事情，但是我總覺得《語絲》，《現代評論》和我們的《猛進》，就是合起來，還負不起這樣的使命。我有兩種希望：第一希望大家集合起來，辦一個專講文學思想的月刊。裡面的內容，水平線並無庸過高，破壞者居其六七，介紹新者居其三四。這樣一來，大學或中學的學生有一種消閒的良友，與思想的進步上，總有很大的裨益。

我今天給適之先生略談幾句，他說現在我們辦月刊很難，大約每月出八萬字，還屬可能，如若想出十一二萬字，就幾乎不可能。我說你又何必拘定十一二萬字才出，有七八萬就出七八萬，即使再少一點，也未嘗不可，要之有它總比沒有它好的多。這是我第一個希望。

第二我希望有一種通俗的小日報。現在的《第一小報》，似乎就是這一類的。這個報我只看見三兩期，當然無從批評起，但是我們的印象：第一，是篇幅太小，至少總要再加一半才敷用；第二，這種小報總要記清是為民眾和小學校的學生看的。所以思想雖需要極新，話卻要寫得極淺顯。所有專門術語和新名詞，能躲避到什麼步田地躲到什麼步田地。《第一小報》對於這一點，似還不很注意。這樣良好的通俗小日報，是我第二種的希望。拉拉雜雜寫來，漫無倫敘。你的意思以為何如？

徐炳昶　三月十六日

二

旭生先生：

給我的信早看見了，但因為瑣瑣的事情太多，所以到現在才能作答。

有一個專講文學思想的月刊，確是極好的事，字數的多少，倒不算什麼問題。第一為難的卻是撰人，假使還是這幾個人，結果即還是一種增大的某週刊或合訂的各週刊之類。況且撰人一多，則因為希圖保持內容的較為一致起見，即不免有互相牽就之處，很容易變為和平中正，吞吞吐吐的東西，而無聊之狀於是乎可掬。

現在的各種小週刊，雖然量少力微，卻是小集團或單身的短兵戰，在黑暗中，時見匕首的閃光，使同類者知道也還有誰還在襲擊古老堅固的堡壘，較之看見浩大而灰色的軍容，或者反可以會心一笑。在現在，我倒只希望這類的小刊物增加，只要所向的目標小異大同，將來就自然而然的成了聯合戰線，效力或者也不見得小。但目下倘有我所未知的新的作家起來，那當然又作別論。

通俗的小日報，自然也緊要的；但此事看去似易，做起來卻很難。我們只要將《第一小報》[9]與《群強報》[10]之類一比，即知道實與民意相去太遠，要收穫失敗無疑。民眾要看皇帝何在，太妃安否[11]，而《第一小報》卻向他們去講「常識」，豈非悖謬。教書一久，即與一般社會睽離，無論怎樣熱心，做起事來總要失敗。

假如一定要做，就得存學者的良心，有市儈的手段，但這類人才，怕教員中間是未必會有的。我想，現在沒奈何，也只好從智識階級——其實中國並沒有俄國之所謂智識階級，此事說起來話太長，姑且從眾這樣說——一面先行設法，民眾俟將來再談。而且他們也不是區區文字所能改革的，歷史通知過我們，清兵入關，禁纏足，要垂辮[12]，前一事只用文告，到現在還是放不掉，後一事用了別的法，到現在還在拖下來。

單為在校的青年計，可看的書報實在太缺乏了，我覺得至少還該有一種通俗的科學雜誌，要淺顯而且有趣的。可惜中國現在的科學家不大做文章，有做的，也過於高深，於是就很枯燥。現在要Brehm[13]的講動物生活，Fabre[14]的講昆蟲故事似的有趣，並且插許多圖畫的；但這非有一個大書店擔任即不能印。至於作文者，我以為只要科學家肯放低手眼，再看看文藝書，就夠了。

前三四年有一派思潮[15]，毀了事情頗不少。學者多勸人踱進研究室，文人說最好是搬入藝術之宮，直到現在都還不大出來，不知道他們在那裡面情形怎樣。這雖然是自己願意，但一大半也因新思想而仍中了「老法子」的計。我新近才看出這圈套，就是從「青年必讀書」事件以來，很收些贊同和嘲罵的信，凡贊同者，都很坦白，並無什麼恭維。如果開首稱我為什麼「學者」「文學家」的，則下面一定是謾罵。我才明白這等稱號，乃是他們所公設的巧計，是精神的枷鎖，故意將你定為「與眾不同」，又借此來束縛你的言動，使你於他們的老生活上失去危險性的。不料有許多人，卻自囚在什麼室什麼宮裡，豈不可惜。只要擲去了這種尊號，搖身一變，化為潑皮，相罵相打（輿論是以為學者只應該拱手講講義的），則世風就會日上，而月刊也辦成了。

先生的信上說：惰性表現的形式不一，而最普通的，第一就是聽天任命，第二就是中庸[16]。我以為這兩種態度的根柢，怕不可僅以惰性了之，其實乃是卑怯。遇見強者，不敢反抗，便以「中庸」這些話來粉飾，聊以自慰。所以中國人倘有權力，看見別人奈何他不得，或者有「多數」作他護符的時候，多凶兇殘橫恣，宛然一個暴君，做事並不中庸；待到滿口「中庸」時，乃是勢力已失，早非「中庸」不可的時候了。一到全敗，則又有「命運」來做話柄，縱為奴隸，也處之泰然，但又無往而不合於聖道。這些現象，實在可以使中國人敗亡，無論有沒有外敵。要救正這些；也只好先行發露各樣的劣點，撕下那好看的假面具來。

魯迅　三月二十九日

魯迅先生：

你看出什麼「踱進研究室」，什麼「搬入藝術之宮」，全是「一種圈套」，真是一件重要的發現。我實在告訴你說：我近來看見自命 gentleman 的人就怕極了。看見玄同先生挖苦 gentleman 的話（見《語絲》第二十期），好像大熱時候，吃一盤冰激零，不曉得有多麼痛快。總之這些字全是一種圈套，大家總要相戒，不要上他們的當才好。

我好像覺得通俗的科學雜誌並不是那樣容易的，但是我對於這個問題完全沒有想，所以對於它覺暫且無論什麼全不能說。

我對於通俗的小日報有許多的話要說，但因為限於篇幅，只好暫且不說。等到下一期，我要作一篇小東西，專論這件事，到那時候，還要請你指教才好。

徐炳昶　三月三十一日

【注釋】

1 本篇最初分兩次發表於一九二五年三月二十日、四月三日北京《猛進》週刊第三、五期。

2 徐炳昶（一八八八—一九七六），字旭生，河南唐河人，當時任北京大學哲學系教授，《猛進》週刊的主編。

3 政論性週刊，一九二五年三月六日創刊於北京，一九二六年三月十九日出至第五十三期停刊。

4 李宗侗，字玄伯，河北高陽人，當時任北京大學法文系教授。《猛進》週刊自第二十七期起，由他接編。

5 指徐樹丕。徐樹丕，字武子，號活埋庵道人，江蘇長洲（今吳縣）人，明末秀才。明亡後隱居不出。著有《識小錄》、《活埋庵集》等。

6 語出《莊子．天下》：「強聒而不舍者也。」意思是說了又說，不肯停止。

7 一八九八年（戊戌）光緒皇帝採納資產階級改良主義者康有為等人變法維新的主張，於六月間開始，任用維新人士參預政事，頒布新法，推行新政。但以慈禧太后為首的頑固派強烈反對，於九月發動政變，囚禁光緒，殺害維新運動領袖譚嗣同等六人，並通緝康有為、梁啟超，廢除新法，維新運動遂告失敗。歷史上稱為「戊戌政變」。

8 綜合性月刊，「五四」時期宣導新文化運動的重要刊物。一九一五年九月創刊於上海，由陳獨秀主編。一九一六年底遷至北京。一九二二年七月休刊，共出九卷，每卷六期。魯迅在「五四」時期同該刊有密切關係，是它的重要撰稿人，並曾參加該刊編輯會議。

「思想革命」，指《新青年》提倡的反對舊道德，提倡新道德，反對舊文學，提倡新文學的文化革命運動。

9 北京出版的小型日報。一九二五年二月二十日創刊，自創刊日起曾連載譯自日文的《常識基礎》一書。

10 北京出版的小型日報。一九一二年創刊，內容不注重時事新聞，大部分是低級趣味的文字。

11 一九一二年一月一日南京臨時政府成立後，清帝溥儀（宣統）於二月十二日被迫退位。按照當時所訂優待皇室的條件，他們仍留居故宮，直至一九二四年十一月才被馮玉祥驅逐出宮。這裡是說溥儀等被逐後，當時還有人在關心他們的命運。

12 清順治二年（一六四五）、康熙元年（一六六二）、三年（一六六四），清廷曾先後下過禁止纏足的詔文，但未嚴格執行，而且在一六六八年重新開禁。

關於垂辮，一六四四年清兵入關及定都北京後，即下令剃髮垂辮，但因受到各地人民反對及局勢未定而中止；次年五月攻占南京後，又下了嚴厲的剃髮令，限於布告之後十日，「盡使薙（剃）髮，遵依者為我國之民，遲疑者同逆命之寇」，如「已定地方之人民，仍存明制，不隨本朝之制度者，殺無赦！」這件事曾引起各地人民廣泛的反抗鬥爭，有許多人被殺。

13 勃萊姆（一八二九—一八八四），德國動物學家。著有《動物生活》等。

14 法布耳（一八二三—一九一五），法國昆蟲學家。著有《昆蟲記》等。

15 指出現於一九二二年前後思想和文藝界的一種情況。曾經參加過五四新文化運動的胡適等人站到反動勢力方面去之後，於一九二二年創辦《努力週報》，在它的副刊《讀書雜誌》上，勸人「踱進研究室」、「整理國故」。同時還有一些人提倡所謂「純文藝」，主張作家固守「藝術之宮」。這類思潮在當時不同程度地產生過壞的影響。

16《論語．雍也》：「中庸之為德也，其至矣乎！」據宋代朱熹注：「中者，無過無不及之名也；庸，平常也。……程子曰：『不偏之謂中，不易之為庸。中者，天下之正道，庸者，天下之定理。』」

論辯的魂靈[1]

二十年前到黑市，買得一張符，名叫「鬼畫符」[2]。雖然不過一團糟，但貼在壁上看起來，卻隨時顯出各樣的文字，是處世的寶訓，立身的金箴。

今年又到黑市去，又買得一張符，也是「鬼畫符」。但貼了起來看，也還是那一張，並不見什麼增補和修改。今夜看出來的大題目是「論辯的魂靈」；細注道：「祖傳老年中年青年『邏輯』扶乩[3]滅洋必勝妙法太上老君急急如律令敕」。

今謹摘錄數條，以公同好——

「洋奴會說洋話。你主張讀洋書，就是洋奴，人格破產了！受人格破產的洋奴崇拜的洋書，其價值從可知矣！但我讀洋文是學校的課程，是政府的功令，反對者，即反對政府也。無父無君之無政府黨，人人得而誅之。」

「你說中國不好。你是外國人麼？為什麼不到外國去？可惜外國人看你不起……」

「你說甲生瘡。甲是中國人，你就是說中國人生瘡了。既然中國人生瘡，你是中國人，就是你也生瘡了。你既然也生瘡，你就和甲一樣。而你只說甲生瘡，則竟無自知之明，你的話還有什麼價值？倘你沒有生瘡，是說誑也。賣國賊是說誑的，所以你是賣國賊。我罵賣國賊，所以我是愛國者。愛國者的話是最有價值的，所以我的話是不錯的，我的話既然不錯，你就是賣國賊無疑了！」

「自由結婚未免太過激了。其實，我也並非老頑固，中國提倡女學的還是我第一個。但他們卻太趨極端了，太趨極端，即有亡國之禍，所以氣得我偏要說『男女授受不親』[4]。況且，凡事不可過激；過激派[5]都主張共妻主義的。乙贊成自由結婚，不就是主張共妻主義麼？他既然主張共妻主義，就應該先將他的妻拿出來給我們『共』。」

「丙講革命是為的要圖利：不為圖利，為什麼要講革命？我親眼看見他三千七百九十一箱半的現金抬進門。你說不然，反對我麼？那麼，你就是他的同黨。

嗚呼，黨同伐異之風，於今為烈，提倡歐化者不得辭其咎矣！

「丁犧牲了性命，乃是鬧得一塌糊塗，活不下去了的緣故。現在妄稱志士，諸君切勿為其所愚。況且，中國不是更壞了麼？」

「戊能算什麼英雄呢？聽說，一聲爆竹，他也會吃驚。還怕爆竹，能聽槍炮聲麼？怕聽槍炮聲，打起仗來不要逃跑麼？打起仗來就逃跑的反稱英雄，所以中國糟透了。」

「你自以為是『人』，我卻以為非也。我是畜類，現在我就叫你爹爹。你既然是畜類的爹爹，當然也就是畜類了。」

「勿用驚嘆符號，這是足以亡國的[6]。但我所用的幾個在例外。

中庸太太提起筆來，取精神文明精髓，作明哲保身大吉大利格言二句云：

中學為體西學用[7]，

不薄今人愛古人[8]。」

【注釋】

1 本篇最初發表於一九二五年三月九日北京《語絲》週刊第十七期。本篇揭露的是當時頑固派和許多反改革者的「魂靈」和他們的思想「邏輯」。其中列舉的詭辯式的奇怪言論，都是作者從當時社會上一些反對新思想、反對改革和毀謗革命者的荒謬言論中概括出來的。

2 符是道士以朱筆或墨筆，在紙或布上畫的似字非字的圖形，迷信的人認為它能「驅鬼召神」或「治病延年」，「鬼畫符」，即胡亂畫的符。

3 扶乩，一種迷信活動，由二人扶一丁字形木架，使下垂一端在沙盤上畫字，假託為神鬼所示。太上老君是道教對老子（老聃）的尊稱；急急如律令敕，是道教符咒末尾的常用語，意思是如同法律命令，必須迅速執行。

4 語見《孟子．離婁》，意思是男女之間不能親手遞接東西。

5 日本資產階級對布爾什維克的誹謗性的譯稱，當時中國的反動派也曾沿用這個詞進行反共宣傳。

6 關於用驚嘆符號足以亡國的論調，見《心理雜誌》第三卷第二號（一九二四年四月）張耀翔的《新詩人的情緒》一文，其中統計了當時出版的一些新詩集裡的驚嘆號（！），說這種符號「縮小看像許多細菌，放大看像幾排彈丸」，是消極、悲觀、厭世等情緒的表現，因而認為多用驚嘆號的白話為都是「亡國之音」。

7 原作「中學為體西學為用」，是清末洋務派首領張之洞在《勸學篇》中提出的主張。中學，指「治身心」的綱常名教；西學，指「應世事」的西方技術。

8 語見杜甫《戲為六絕句》之五。原意是說他不菲薄當時人愛慕古人的「清詞麗句」（據清代仇兆鰲《杜詩詳注》），這裡則是對於今人和古人都一視同仁的意思。

犧牲謨[1]

——「鬼畫符」失敬失敬章第十三

「啊呀啊呀，失敬失敬！原來我們還是同志。我開初疑心你是一個乞丐，心裡想：好好的一個漢子，又不衰老，又非殘疾，為什麼不去做工，讀書的？所以就不免露出『責備賢者』[2]的神色來，請你不要見氣，我們的心實在太坦白了，什麼也藏不住，哈哈！可是，同志，你也似乎太……。

「哦哦！你什麼都犧牲了？可敬可敬！我最佩服的就是什麼都犧牲，為同胞，為國家。我向來一心要做的也就是這件事。你不要看得我外觀闊綽，我為的是要到各處去宣傳。社會還太勢利，如果像你似的只剩一條破褲，誰肯來相信你呢？所以我只得打扮起來，寧可人們說閒話，我自己總是問心無愧。正如『禹入裸國亦裸而游』[3]一樣，要改良社會，不得不然，別人那裡會懂得我們的苦心孤詣。但是，朋友，你怎麼竟奄奄一息到這地步了？

「哦哦！已經九天沒有吃飯?!這真是清高得很哪！我只好五體投地。看你雖然怕要支持不下去，但是——你在歷史上一定成名，可賀之至哪！現在什麼『歐化』『美化』的邪說橫行，人們的眼睛只看見物質，所缺的就是你老兄似的模範人物。你瞧，最高學府的教員們，也居然一面教書，一面要起錢來[4]，他們只知道物質，中了物質的毒了。難得你老兄以身作則，給他們一個好榜樣看，這於世道人心一定大有裨益的。你想，現在不是還嚷著什麼教育普及麼？教育普及起來，要有多少教員；如果都像他們似的定要吃飯，在這四郊多壘[5]時候，那裡來這許多飯？

「像你這樣清高，真是濁世中獨一無二的中流砥柱：可敬可敬！你讀過書沒有？如果讀過書，我正要創辦一個大學，就請你當教務長去。其實你只要讀過『四書』[6]就好，加以這樣品格，已經很夠做『莘莘學子』[7]的表率了。

「不行？沒有力氣？可惜可惜！足見一面為社會做犧牲，一面也該自己講講衛生。你於衛生可惜太不講究了。你不要以為我的胖頭胖臉是因為享用好，我其實是專靠衛生，尤其得益的是精神修養，『君子憂道不憂貧』[8]呀！但是，我的同志，你什麼都犧牲完了，究竟也大可佩服，可惜你還剩一條褲，將來在歷史上也許要留下一點白璧微瑕……。

「哦哦，是的。我知道，你不說也明白：你自然連這褲子也不要，你何至於這樣地不徹底；那自然，你不過還沒有犧牲的機會罷了。敝人向來最贊成一切犧牲，也最樂於『成人之美』[9]況且我們是同志，我當然應該給你想一個完全辦法，因為一個人最緊要的是『晚節』，一不小心，可就前功盡棄了！

「機會湊得真好：舍間一個小鴉頭，正缺一條褲……。朋友，你不要這麼看我，我是最反對人身買賣的，這是最不人道的事。但是，那女人是在大旱災時候留下的，那時我不要，她的父母就會把她賣到妓院裡去。你想，這何等可憐。我留下地，正為的講人道。況且那也不算什麼人身買賣，不過我給了她父母幾文，她的父母就把自己的女兒留在我家裡就是了。我當初原想將她當作自己的女兒看，不，簡直當作姊妹，同胞看；可恨我的賤內是舊式，說不通。你要知道舊式的女人頑固起來，真是無法可想的，我現在正在另外想點法子……。

「但是，那娃兒已經多天沒有褲子了，她是災民的女兒。我料你一定肯幫助的。我們都是『貧民之友』呵。況且你做完了這一件事情之後，就是全始全終；我保你將來銅像巍巍，高入雲表，呵，一切貧民都鞠躬致敬……。

「對了，我知道你一定肯，你不說我也明白。但你此刻且不要脫下來。我不能拿了走，我這副打扮，如果手上拿一條破褲子，別人見了就要詫異，於我們的犧牲主義的宣傳會有妨礙的。現在的社會還太糊塗，——你想，教員還要吃飯，——那裡能懂得我們這純潔的精神呢，一定要誤解的。一經誤解，社會恐怕要更加自私自利起來，你的工作也就『非徒無益而又害之』[10]了，朋友。

「你還能勉強走幾步罷？不能？這可叫人有點為難了，——那麼，你該還能爬？好極了！那麼，你就爬過去。你趁你還能爬的時候趕緊爬去，萬不要『功虧一簣』[11]。但你須用趾尖爬，膝髁不要太用力；褲子擦著沙石，就要更破爛，不但可憐的災民的女兒受不著實惠，並且連你的精神都白扔了。

先行脫下了也不妥當，一則太不雅觀，二則恐怕巡警要干涉，還是穿著爬的好。我的朋友，我們不是外人，肯給你上當的麼？舍間離這裡也並不遠，你向東，轉北，向南，看路北有兩株大槐樹的紅漆門就是。你一爬到，就脫下來，對號房說：這是老爺叫我送來的，交給太太收下。

你一見號房，應該趕快說，否則也許將你當作一個討飯的，會打你。唉唉，近來討飯的太多了，他們不去做工，不去讀書，單知道要飯。所以我的號房就借痛打這方法，給他們一個教訓，使他們知道做乞丐是要給人痛打的，還不如去做工讀書好……。

「你就去麼？好好！但千萬不要忘記：交代清楚了就爬開，不要停在我的屋界內。你已經九天沒有吃東西了，萬一出了什麼事故，免不了要給我許多麻煩，我就要減少許多寶貴的光陰，不能為社會服務。我想，我們不是外人，你也絕不願意給自己的同志許多麻煩的，我這話也不過姑且說說。

「你就去罷！好，就去！本來我也可以叫一輛人力車送你去，但我知道用人代牛馬來拉人，你一定不贊成的，這事多麼不人道！我去了。你就動身罷。你不要這麼萎靡不振，爬呀！朋友！我的同志，你快爬呀，向東呀！……」

【注釋】

1　本篇最初發表於一九二五年三月十六日《語絲》週刊第十八期。

謨，謀劃。《尚書》中有《大禹謨》《皋陶謨》等篇。

2 語出《新唐書．太宗本紀》：「《春秋》之法，常責備於賢者。」求全責備的意思。

3 語出《呂氏春秋．慎大覽》：「禹之裸國，裸入衣出。」又《戰國策．趙策》：「禹祖入裸國。」這裡用以說明隨俗的必要。

4 指當時曾發生的索薪事件。北洋軍閥統治時期，公教人員因薪金常年拖欠不發，生活難以維持，曾聯合向反動政府索討欠薪。當時卻出現了一種以為教員要薪水、要吃飯就是不清高的謬論。如林馬矣（曾京農大校長公開信》中說：「身當教員之人，果有幾人真肯為教育犧牲？……教育為最神聖最清高之事業，教育家應有十分犧牲精神……不能長久枵腹教書，則亦惟有潔身引退，以讓之可以犧牲之人。」作者的這段話就是針對這類論調而發的。

5 語見《禮記．曲禮》：「四郊多壘，此卿大夫之辱也。」壘，堡壘，作戰時的防禦工事。

6 即儒家經典《大學》《中庸》《論語》《孟子》。北宋時程顥、程頤特別推崇《禮記》中的《大學》、《中庸》二篇；南宋朱熹又將這二篇和《論語》《孟子》合在一起，撰寫《四書章句集注》，自此便有了「四書」的名稱。它是舊時學塾中的必讀書。

7 語出晉代潘尼《釋奠頌》：「莘莘冑子，祁祁學生。」莘莘，多的意思。此語常見於章士釗等人的文字中。

8 語見《論語．衛靈公》。

9 語見《論語．顏淵》：「君子成人之美，不成人之惡。」

10 語見《孟子．公孫丑》。

11 語見《尚書．旅獒》：「為山九仞，功虧一簣。」功敗垂成的意思。簣，竹製的盛土器具。

戰士和蒼蠅[1]

Schopenhauer[2]說過這樣的話：要估定人的偉大，則精神上的大和體格上的大，那法則完全相反。後者距離愈遠即愈小，前者卻見得愈大。

正因為近則愈小，而且愈看見缺點和創傷，所以他就和我們一樣，不是神道，不是妖怪，不是異獸。他仍然是人，不過如此。但也惟其如此，所以他是偉大的人。

戰士戰死了的時候，蒼蠅們所首先發見的是他的缺點和傷痕，嘬著，營營地叫著，以為得意，以為比死了的戰士更英雄。但是戰士已經戰死了，不再來揮去他們，於是乎蒼蠅們即更其營營地叫，自以為倒是不朽的聲音，因為牠們的完全，遠在戰士之上。

的確的，誰也沒有發見過蒼蠅們的缺點和創傷。

然而，有缺點的戰士終竟是戰士，完美的蒼蠅也終竟不過是蒼蠅。

去罷，蒼蠅們！雖然生著翅子，還能營營，總不會超過戰士的。你們這些蟲豸們！

三月二十一日

【注釋】

1 本篇最初發表於一九二五年三月二十四日北京《京報》附刊《民眾文藝週刊》第十四號。作者在同年四月三日《京報副刊》發表的《這是這麼一個意思》中對本文曾有說明：「所謂戰士者，是指中山先生和民國元年前後殉國而反受奴才們譏笑糟蹋的先烈；蒼蠅則當然是指奴才們。」（見《集外集拾遺》）

2 叔本華（一七八八—一八六〇），德國哲學家，唯意志論者。這裡引述的話，見他的《比喻和寓言》一文。

夏三蟲[1]

夏天近了，將有三蟲：蚤，蚊，蠅。

假如有誰提出一個問題，問我三者之中，最愛什麼，而且非愛一個不可，又不准像「青年必讀書」那樣的繳白卷的。我便只得回答道：跳蚤。

跳蚤的來吮血，雖然可惡，而一聲不響地就是一口，何等直截爽快。蚊子便不然了，一針叮進皮膚，自然還可以算得有點徹底的，但當未叮之前，要哼哼地發一篇大議論，卻使人覺得討厭。如果所哼的是在說明人血應該給它充饑的理由，那可更其討厭了，幸而我不懂。

野雀野鹿，一落在人手中，總時時刻刻想要逃走。其實，在山林間，上有鷹鶚，下有虎狼，何嘗比在人手裡安全。為什麼當初不逃到人類中來，現在卻要逃到鷹鸇虎狼間去？或者，鷹鸇虎狼之於它們，正如跳蚤之於我們罷。肚子餓了，抓著就是一口，絕不談道理，弄玄虛。被吃者也無須在被吃之前，先承認自己之理應被吃，心悅誠服，誓死不二。人類，可是也頗擅長於哼哼的了，害中取小，它們的避之惟恐不速，正是絕頂聰明。

蒼蠅嗡嗡地鬧了大半天，停下來也不過舐一點油汗，倘有傷痕或瘡癤，自然更占一些便宜；無論怎麼好的，美的，乾淨的東西，又總喜歡一律拉上一點蠅矢，但因為只舐一點油汗，只添一點醃臢，在麻木的人們還沒有切膚之痛，所以也就將它放過了。中國人還不很知道它能夠傳播病菌，捕蠅運動大概不見得興盛。它們的運命是長久的；還要更繁殖。

但它在好的，美的，乾淨的東西上拉了蠅矢之後，似乎還不至於欣欣然反過來嘲笑這東西的不潔：總要算還有一點道德的。

古今君子，每以禽獸斥人，殊不知便是昆蟲，值得師法的地方也多著哪。

四月四日

【注釋】

1 本篇最初發表於一九二五年四月七日《京報》附刊《民眾文藝週刊》第十六號。

忽然想到（五～六）[1]

五

我生得太早一點，連康有為們「公車上書」[2]的時候，已經頗有些年紀了。政變之後，有族中的所謂長輩也者教誨我，說：康有為是想篡位，所以他的名字叫有為；有者，「富有天下」，為者，「貴為天子」也。非圖謀不軌而何？我想：誠然。可惡得很！

長輩的訓誨於我是這樣的有力，所以我也很遵從讀書人家的家教。屏息低頭，毫不敢輕舉妄動。兩眼下視黃泉，看天就是傲慢，滿臉裝出死相，說笑就是放肆。我自然以為極應該的，但有時心裡也發生一點反抗。心的反抗，那時還不算什麼犯罪，似乎誅心之律，倒不及現在之嚴。

但這心的反抗，也還是大人們引壞的，因為他們自己就常常隨便大說大笑，而單是禁止孩子。黔首[3]們看見秦始皇[4]那麼闊氣，搗亂的項羽[5]道：「彼可取而代也！」沒出息的劉邦[6]卻說：「大丈夫不當如是耶？」我是沒出息的一流，因為羨慕他們的隨意說笑，就很希望趕忙變成大人，——雖然此外也還有別種的原因。

大丈夫不當如是耶，在我，無非只想不再裝死而已，欲望也並不甚奢。

現在，可喜我已經大了，這大概是誰也不能否認的罷，無論用了怎樣古怪的「邏輯」。

我於是就拋了死相，放心說笑起來，而不意立刻又碰了正經人的釘子：說是使他們「失望」了。我自然是知道的，先前是老人們的世界，現在是少年們的世界了；但竟不料治世的人們雖異，而其禁止說笑也則同。那麼，我的死相也還得裝下去，裝下去，「死而後已」[7]，豈不痛哉！

我於是又恨我生得太遲一點。何不早二十年，趕上那大人還准說笑的時候？

真是「我生不辰」[8]，正當可詛咒的時候，活在可詛咒的地方了。

約翰彌耳[9]說：專制使人們變成冷嘲。我們卻天下太平，連冷嘲也沒有。我想：暴君的專制使人們變成冷嘲，愚民的專制使人們變成死相。大家漸漸死下去，而自己反以為衛道有效，這才漸近于正經的活人。

世上如果還有真要活下去的人們，就先該敢說，敢笑，敢哭，敢怒，敢罵，敢打，在這可詛咒的地方擊退了可詛咒的時代！

四月十四日

六

外國的考古學者們[10]聯翩而至了。

久矣夫，中國的學者們也早已口口聲聲的叫著「保古！保古！保古！……」

但是不能革新的人種，也不能保古的。

所以，外國的考古學者們便聯翩而至了。

長城久成廢物，弱水[11]也似乎不過是理想上的東西。老大的國民盡鑽在僵硬的傳統裡，不肯變革，衰朽到毫無精力了，還要自相殘殺。於是外面的生力軍很容易地進來了，真是「匪今斯今，振古如茲」[12]。至於他們的歷史，那自然都沒我們的那麼古。

可是我們的古也就難保，因為土地先已危險而不安全。土地給了別人，則「國寶」雖多，我覺得實在也無處陳列。

但保古家還在痛罵革新，力保舊物地幹：用玻璃板印些宋版書，每部定價幾十幾百元；「涅槃！涅槃！涅槃！[13]」佛自漢時已入中國，其古色古香為何如哉！買集些舊書和金石，是劬古[14]愛國之士，略作考證，趕印目錄，就升為學者或高人。而外國人所得的古董，卻每從高人的高尚的袖底裡共清風一同流出。即不然，歸安陸氏的皕[15]，濰縣陳氏的十鐘[16]，其子孫尚能世守否？

現在，外國的考古學者們便聯翩而至了。

他們活有餘力，則以考古，但考古尚可，幫同保古就更可怕了。有些外人，很希望中國永是一個大古董以供他們的賞鑒，這雖然可惡，卻還不奇，因為他們究竟是外人。而中國竟也有自己還不夠，並且要率領了少年，赤子，共成一個大古董以供他們的賞鑒者，則真不知是生著怎樣的心肝。

中國廢止讀經了，教會學校不是還請腐儒做先生，教學生讀「四書」麼？民國廢去跪拜了，猶太學校[17]不是偏請遺老做先生，要學生磕頭拜壽麼？外國人辦給中國人看的報紙，不是最反對五四以來的小改革麼？而外國總主筆治下的中國小主筆，則倒是崇拜道學[18]，保存國粹的！

但是，無論如何，不革新，是生存也為難的，而況保古。現狀就是鐵證，比保古家的萬言書有力得多。

我們目下的當務之急，是：一要生存，二要溫飽，三要發展。苟有阻礙這前途者，無論是古是今，是人是鬼，是《三墳》《五典》[19]，百宋千元[20]，天球河圖[21]，金人玉佛，祖傳丸散，秘製膏丹，全都踏倒他。

保古家大概總讀過古書，「林回棄千金之璧，負赤子而趨」[22]，該不能說是禽獸行為罷。那麼，棄赤子而抱千金之璧的是什麼？

四月十八日

【注釋】

1 本篇最初分兩次發表於一九二五年四月十八日、二十二日《京報副刊》。

2 甲午（一八九四）戰爭失敗後，清政府於一八九五年與日本簽訂喪權辱國的《馬關條約》。當時康有為正在北京會試，就集合各省舉人一千三百餘人，聯名上書光緒皇帝，要求「拒和、遷都、變法」，史稱「公車上書」。按漢代用公家的車子載送應徵到京城的士人，所以後世舉人入京會試也稱「公車」。

3 秦代對人民的稱呼。《史記・秦始皇本紀》：「更名民曰黔首。」

4 秦始皇（前二五九—前二一〇），姓嬴名政，戰國時秦國的國君。於西元前二二一年建立了我國第一個中央集權的封建王朝。

5 項羽（前二三二—前二〇二）：名籍，字羽，下相（今江蘇宿遷西）人，秦末農民起義軍領袖。出身楚國貴族，亡秦後自立為「西楚霸王」。據《史記・項羽本紀》：「秦始皇帝遊會稽，渡浙江，梁與籍俱觀。籍曰：『彼可取而代也。』」

6 劉邦（前二四七—前一九五），沛（今江蘇沛縣）人，秦末農民起義軍領袖。在亡秦滅楚後建立了西漢王朝，廟號高祖。據《史記・高祖・本紀》：「高祖常繇（徭）咸陽，縱觀，觀秦皇帝，喟然太息曰：『嗟乎，大丈夫當如此也！』」

7 語見諸葛亮《後出師表》。

8 語見《詩經・大雅・桑柔》：「我生不辰，逢天僤怒。」不辰，不是時候；僤，大、盛。

9 約翰彌耳（J.S.Mill，一八〇六—一八七八）：通譯約翰・穆勒，英國哲學家、經濟學家。著作有《邏輯體系》、《論自由》（嚴復中譯名分別為《穆勒名學》、《群己權界論》）等。

10 指借考古之名而來我國掠奪文物的帝國主義分子。如法國格萊那（F.Grenard）於一八九二年從和闐盜去梵文佛經殘本、士俑等；英國斯坦因（A.Stein）於一九〇一年在和闐盜掘漢晉木簡，又於一九〇七年、一九一四年先後從敦煌千佛洞盜走大批古代寫本及古畫、刺繡等藝術品；還有法國伯希和（P.Pelliot）也於一九〇八年從千佛洞盜走很多唐宋文物。到作者寫本文時，這種文物掠奪者更「聯翩而至」，如一九二四年美國瓦爾納（L. Warner）在千佛洞以特製膠布黏去壁畫二十六幅；一九二五年二月，美帝國主義又指使他組織了一個以哈佛大學旅行團為名義的團體，帶了大批膠布等材料，再次到千佛洞作有計劃的盜竊；後經敦煌人民的反對阻止，才未得逞。

11 我國古書中關於弱水的神話傳說很多。如《海內十洲記》說崑崙山有「弱水」「周回繞匝」；弱水「鴻毛不浮，不可越也。」

12 語見《詩經．周頌．載芟》。意思是不但現在，從古以來就如此。

13 佛家語，意為寂滅、解脫等，指佛和高僧的死亡，也叫圓寂。後來引伸作死的意思。

14 劬古：研究古代文化的意思。劬，勤勞。

15 指陸心源（一八三四—一八九四），字剛父，號存齋，浙江歸安（今吳興）人，清末藏書家。藏有宋版書約二百種，所以他的藏書處取名為皕宋樓。在他死後，這些書都由他的兒子陸樹藩於一九〇七年賣給日本岩崎蘭室（靜嘉堂文庫）。

16 指陳介祺（一八一三—一八八四），字壽卿，號簠齋，山東濰縣人，清代古文物收藏家。藏有古代樂器鐘十口，所以他的書齋取名為十鐘山房。這些鐘後來在一九一七年賣給日本財閥住友家。

17 指大資本家猶太人哈同一九一五年在上海辦的倉聖明智大學及附屬中小學。哈同曾雇用清代遺老王國維等擔任教員，教學生讀經，習古禮。每年三月二十八日所謂倉頡生日時，要學生給倉頡磕頭拜壽。

18 即理學，宋代程顥、程頤、朱熹等人闡釋儒家學說而形成的唯心主義思想體系。它認為「理」是宇宙的本體，把三綱五常等封建倫理道德說成是「天理」，提出「存天理，滅人欲」的主張。此後歷代封建統治階級利用它來維護反動統治。

19 相傳是三皇五帝時的遺書，現在已不可考。《左傳》昭公十二年：「是能讀三墳、五典、八索、九丘。」晉代杜預注：「皆古書名。」

20 指清代乾隆、嘉慶時的藏書家黃丕烈和吳騫的藏書。黃丕烈藏有宋版書一百餘部，他的書室名為「百宋一廛」，意思是一百部宋版書存放處；吳騫藏有元版書一千部，他的書室名為「千元十駕」，意思是元版書千部能抵宋版書百部，有如駑馬十駕能抵好馬一駕。

21 天球相傳為古雍州（今陝、甘一帶）所產的美玉。河圖，相傳為伏羲時龍馬從黃河負出的圖。

22 語見《莊子·山木》：「林回棄千金之璧，負赤子而趨。或曰：『為其布與？赤子之布寡矣！為其累與？赤子之累多矣！棄千金之璧，負赤子而趨，何也？』林回曰：『彼以利合，此以天屬也。』」布，古代的錢幣；天屬，人的天性。

雜感[1]

人們有淚，比動物進化，但即此有淚，也就是不進化，正如已經只有盲腸，比鳥類進化，而究竟還有盲腸，終不能很算進化一樣。凡這些，不但是無用的贅物，還要使其人達到無謂的滅亡。

現今的人們還以眼淚贈答，並且以這為最上的贈品，因為他此外一無所有。無淚的人則以血贈答，但又各各拒絕別人的血。

人大抵不願意愛人下淚。但臨死之際，可能也不願意愛人為你下淚麼？無淚的人無論何時，都不願意愛人下淚，並且連血也不要：他拒絕一切為他的哭泣和滅亡。

人被殺於萬眾聚觀之中，比被殺在「人不知鬼不覺」的地方快活，因為他可以妄想，博得觀眾中的或人的眼淚。但是，無淚的人無論被殺在什麼所在，於他並無不同。

殺了無淚的人，一定連血也不見。愛人不覺他被殺之慘，仇人也終於得不到殺他之樂：這是他的報恩和復仇。

死於敵手的鋒刃，不足悲苦；死於不知何來的暗器，卻是悲苦。但最悲苦的是死於慈母或愛人誤進的毒藥，戰友亂發的流彈，病菌的並無惡意的侵入，不是我自己制定的死刑。

仰慕往古的，回往古去罷！想出世的，快出世罷！想上天的，快上天罷！靈魂要離開肉體的，趕快離開罷！現在的地上，應該是執著現在，執著地上的人們居住的。

但厭惡現世的人們還住著。這都是現世的仇仇，他們一日存在，現世即一日不能得救。

先前，也曾有些願意活在現世而不得的人們，沉默過了，呻吟過了，嘆息過了，哭泣過了，哀求過了，但仍然願意活在現世而不得，因為他們忘卻了憤怒。

勇者憤怒，抽刃向更強者；怯者憤怒，卻抽刃向更弱者。不可救藥的民族中，一定有許多英雄，專向孩子們瞪眼。這些孱頭們！

孩子們在瞪眼中長大了，又向別的孩子們瞪眼，並且想：他們一生都過在憤怒中。因為憤怒只是如此，所以他們要憤怒一生，——而且還要憤怒二世，三世，四世，以至末世。

無論愛什麼，——飯，異性，國，民族，人類等等，——只有糾纏如毒蛇，執著如怨鬼，二六時中[2]，沒有已時者有望。但太覺疲勞時，也無妨休息一會罷；但休息之後，就再來一回罷，而且兩回，三回……。血書，章程，請願，講學，哭，電報，開會，輓聯，演說，神經衰弱，則一切無用。

血書所能掙來的是什麼？不過就是你的一張血書，況且並不好看。至於神經衰弱，其實倒是自己生了病，你不要再當作寶貝了，我的可敬愛而討厭的朋友呀！

我們聽到呻吟，嘆息，哭泣，哀求，無須吃驚。見了酷烈的沉默，就應該留心了；見有什麼像毒蛇似的在屍林中蜿蜒，怨鬼似的在黑暗中奔馳，就更應該留心了：這在預告「真的憤怒」將要到來。那時候，仰慕往古的就要回往古去了，想出世的要出世去了，想上天的要上天了，靈魂要離開肉體的就要離開了！……

五月五日

【注釋】

1 本篇最初發表於一九二五年五月八日北京《莽原》週刊第三期。

2 即十二個時辰，整天整夜的意思。

北京通信[1]

蘊儒，培良[2]兩兄：

昨天收到兩份《豫報》[3]，使我非常快活，尤其是見了那《副刊》。因為它那蓬勃的朝氣，實在是在我先前的預想以上。你想：從有著很古的歷史的中州[4]，傳來了青年的聲音，彷彿在預告這古國將要復活，這是一件如何可喜的事呢？

倘使我有這力量，我自然極願意有所貢獻於河南的青年。但不幸我竟力不從心，因為我自己也正站在歧路上，——或者，說得較有希望些：站在十字路口。站在歧路上是幾乎難於舉足，站在十字路口，是可走的道路很多。

我自己，是什麼也不怕的，生命是我自己的東西，所以我不妨大步走去，向著我自以為可以走去的路；即使前面是深淵，荊棘，狹谷，火坑，都由我自己負責。然而向青年說話可就難了，如果盲人瞎馬，引入危途，我就該得謀殺許多人命的罪孽。

所以，我終於還不想勸青年一同走我所走的路；我們的年齡，境遇，都不相同，思想的歸宿大概總不能一致的罷。但倘若一定要問我青年應當向怎樣的目標，那麼，我只可以說出我為別人設計的話，就是：一要生存，二要溫飽，三要發展。有敢來阻礙這三事者，無論是誰，我們都反抗他，撲滅他！

可是還得附加幾句話以免誤解，就是：我之所謂生存，並不是苟活；所謂溫飽，並不是奢侈；所謂發展，也不是放縱。

中國古來，一向是最注重於生存的，什麼「知命者不立於岩牆之下」咧，什麼「千金之子坐不垂堂」咧，什麼「身體髮膚受之父母不敢毀傷」咧[5]，竟有父母願意兒子吸鴉片的，一吸，他就不至於到外面去，有傾家蕩產之虞了。可是這一流人家，家業也決不能長保，因為這是苟活。苟活就是活不下去的初步，所以到後來，他就活不下去了。意圖生存，而太卑怯，結果就得死亡。

以中國古訓中教人苟活的格言如此之多，而中國人偏多死亡，外族偏多侵入，結果適得其反，可見我們蔑棄古訓，是刻不容緩的了。這實在是無可奈何，因為我們要生活，而且不是苟活的緣故。

中國人雖然想了各種苟活的理想鄉，可惜終於沒有實現。但我卻替他們發現了，你們大概知道的罷，就是北京的第一監獄。

這監獄在宣武門外的空地裡，不怕鄰家的火災；每日兩餐，不慮凍餒；起居有定，不會傷生；構造堅固，不會倒塌；禁卒管著，不會再犯罪；強盜是決不會來搶的。住在裡面，何等安全，真真是「千金之子坐不垂堂」了。但闕少的就有一件事：自由。

古訓所教的就是這樣的生活法，教人不要動。不動，失錯當然就較少了，但不活的岩石泥沙，失錯不是更少麼？我以為人類為向上，即發展起見，應該活動，活動而有若干失錯，也不要緊。惟獨半死半生的苟活，是全盤失錯的。因為他掛了生活的招牌，其實卻引人到死路上去！

我想，我們總得將青年從牢獄裡引出來，路上的危險，當然是有的，但這是求生的偶然的危險，無從逃避。想逃避，就須度那古人所希求的第一監獄式生活了，可是真在第一監獄裡的犯人，都想早些釋放，雖然外面並不比獄裡安全。

北京暖和起來了；我的院子裡種了幾株丁香，活了；還有兩株榆葉梅，至今還未發芽，不知道他是否活著。

昨天鬧了一個小亂子[6]，許多學生被打傷了；聽說還有死的，我不知道確否。其實，只要聽他們開會，結果不過是開會而已，因為加了強力的迫壓，遂鬧出開會以上的事來。俄國的革命，不就是從這樣的路徑出發的麼？

夜深了，就此擱筆，後來再談罷。

魯迅　五月八日夜

【注釋】

1 本篇最初發表於一九二五年五月十四日開封《豫報副刊》。

2 蘊儒，姓呂，名琦，河南人，作者在北京世界語專門學校任教時的學生。當時他與向培良、高歌等同在開封編輯《豫報副刊》。培良，姓向，湖南黔陽人，文學團體狂飆社的主要成員。當時常為《莽原》週刊寫稿，後來墮落為國民黨反動派的走卒。參看《二心集·上海文藝之一瞥》。

3 《豫報》：在河南開封出版的日報，一九二五年五月四日創刊。

4 上古時代我國分為九州，河南是古代豫州的地方，位於九州中央，所以又稱中州。

5 語出《孟子·盡心上》：「知命者不立乎岩牆之下」。岩牆，危牆。「千金之子坐不垂堂」，語見《史記·袁盎傳》。意思是有錢的人不坐在屋簷下（以免被墜瓦擊中）。「身體髮膚受之父母不敢毀傷」，語見《孝經·開宗明義章》。

6 一九二五年五月七日，北京各校學生為紀念國恥（一九一五年五月七日，日本帝國主義向袁世凱提出最後通牒，要求承認「二十一條」）和追悼孫中山，擬在天安門舉行集會。但事前北洋政府教育部已訓令各校不得放假，當日上午警察廳又派遣巡警分赴各校前後門戒備，禁止學生外出，因此各校學生或行至校門即為巡警攔阻，或在天安門一帶被武裝員警與保安隊馬隊毆打，多人受傷。午後被迫改在神武門開會，會後結隊赴魏家胡同教育總長章士釗住宅，質問壓迫學生愛國運動的理由，又與巡警衝突，被捕十八人。

導師[1]

近來很通行說青年；開口青年，閉口也是青年。但青年又何能一概而論？有醒著的，有睡著的，有昏著的，有躺著的，有玩著的，此外還多。但是，自然也有要前進的。

要前進的青年們大抵想尋求一個導師。然而我敢說：他們將永遠尋不到。尋不到倒是運氣；自知的謝不敏，自許的果真識路麼？凡自以為識路者，總過了「而立」[2]之年，灰色可掬了，老態可掬了，圓穩而已，自己卻誤以為識路。假如真識路，自己就早進向他的目標，何至於還在做導師。說佛法的和尚，賣仙藥的道士，將來都與白骨是「一丘之貉」，人們現在卻向他聽生西[3]的大法，求上升[4]的真傳，豈不可笑！

但是我並非敢將這些人一切抹殺；和他們隨便談談，是可以的。說話的也不過能說話，弄筆的也不過能弄筆；別人如果希望他打拳，則是自己錯。他如果能打拳，早已打拳了，但那時，別人大概又要希望他翻筋斗。

有些青年似乎也覺悟了，我記得《京報副刊》徵求青年必讀書時，曾有一位發過牢騷，終於說：只有自己可靠！我現在還想斗膽轉一句，雖然有些殺風景，就是：自己也未必可靠的。

我們都不大有記性。這也無怪，人生苦痛的事太多了，尤其是在中國。記性好的，大概都被厚重的苦痛壓死了；只有記性壞的，適者生存，還能欣然活著。但我們究竟還有一點記憶，回想起來，怎樣的「今是昨非」呵，怎樣的「口是心非」呵，怎樣的「今日之我與昨日之我戰」[5]呵。

我們還沒有正在餓得要死時於無人處見別人的飯，正在窮得要死時於無人處見別人的錢，正在性欲旺盛時遇見異性，而且很美的。我想，大話不宜講得太早，否則，倘有記性，將來想到時會臉紅。

或者還是知道自己之不甚可靠者，倒較為可靠罷。

青年又何須尋那掛著金字招牌的導師呢？不如尋朋友，聯合起來，同向著似乎可以生存的方向走。你們所多的是生力，遇見深林，可以闢成平地的，遇見曠野，可以栽種樹木的，遇見沙漠，可以開掘井泉的。問什麼荊棘塞途的老路，尋什麼烏煙瘴氣的鳥導師！

五月十一日

【注釋】

1 本篇最初發表於一九二五年五月十五日《莽原》週刊第四期。初發表時共有四段，總題為《編完寫起》。本篇原為第一、二段，下篇《長城》原為第三段；題名都是作者於編集時所加。第二段後編入《集外集》，仍題為《編完寫起》。關於本篇，作者在一九二五年六月間與白波的通訊中曾有說明，可參看《集外集·田園思想》。

2 語見《論語·為政》：「三十而立」。原是孔丘說他到了三十歲在學問上有所自立的話，後來「而立」就常被用作三十歲的代詞。

3 佛家語，往生西方、成佛的意思。佛家以西方為「淨土」或「極樂」世界。

4 升天。道教迷信說法，服食仙藥能飛升成仙。

5 語出梁啟超《清代學術概論》（一九二一年出版），他在書中說自己「不惜以今日之我，難昔日之我」。

長城[1]

偉大的長城[2]！

這工程，雖在地圖上也還有它的小像，凡是世界上稍有知識的人們，大概都知道的罷。

其實，從來不過徒然役死許多工人而已，胡人何嘗擋得住。現在不過一種古蹟了，但一時也不會滅盡，或者還要保存它。

我總覺得周圍有長城圍繞。這長城的構成材料，是舊有的古磚和補添的新磚。兩種東西聯為一氣造成了城壁，將人們包圍。

何時才不給長城添新磚呢？

這偉大而可詛咒的長城！

五月十一日

【注釋】

1 本篇最初發表於一九二五年五月十五日《莽原》週刊第四期。參看本書上篇注1。

2 戰，齊、楚、魏、燕、趙、秦等國都築有長城。秦始皇統一全國後，為了防止北方游牧民族貴族集團的侵擾，將秦、趙、燕三國的北邊長城加以修繕，連貫為一。故址西起臨洮（今甘肅岷縣），北傍陰山，東至遼東，俗稱「萬里長城」。此後一直到明朝，歷代都有興築增修，形成今西起嘉峪關，東至山海關的長城，總長六千多公里，是世界歷史上的偉大工程之一。

忽然想到（七～九）[1]

七

大約是送報人忙不過來了，昨天不見報，今天才給補到，但是奇怪，正張上已經剪去了兩小塊；幸而副刊是完全的。那上面有一篇武者君的《溫良》[2]，又使我記起往事，我記得確曾用了這樣一個糖衣的毒刺贈送過我的同學們。現在武者君也在大道上發現了兩樣東西了：凶獸和羊。但我以為這不過發現了一部分，因為大道上的東西還沒有這樣簡單，還得附加一句，是：凶獸樣的羊，羊樣的凶獸。

他們是羊，同時也是凶獸；但遇見比他更凶的凶獸時便現羊樣，遇見比他更弱的羊時便現凶獸樣，因此，武者君誤認為兩樣東西了。

我還記得第一次五四以後，軍警們很客氣地只用槍托，亂打那手無寸鐵的教員和學生，威武到很像一隊鐵騎在苗田上馳騁；學生們則驚叫奔避，正如遇見虎狼的羊群。但是，當學生們成了大群，襲擊他們的敵人時，不是遇見孩子也要推他摔幾個觔斗麼？在學校裡，不是還唾罵敵人的兒子，使他非逃回家去不可麼？這和古代暴君的滅族的意見有什麼區分！

我還記得中國的女人是怎樣被壓制，有時簡直並羊而不如。現在托了洋鬼子學說的福，似乎有些解放了。但她一得到可以逞威的地位如校長之類，不就雇用了「掠袖擦掌」的打手似的男人，來威嚇毫無武力的同性的學生們麼？不是利用了外面正有別的學潮的時候，和一些狐群狗黨趁勢來開除她私意所不喜的學生們麼？[3]而幾個在「男尊女卑」的社會生長的男人們，此時卻在異性的飯碗化身的面前搖尾，簡直並羊而不如。羊，誠然是弱的，但還不至於如此，我敢給我所敬愛的羊們保證！

但是，在黃金世界還未到來之前，人們恐怕總不免同時含有這兩種性質，只看發現時候的情形怎樣，就顯出勇敢和卑怯的大區別來。可惜中國人但對於羊顯凶獸相，而對於凶獸則顯羊相，所以即使顯著凶獸相，也還是卑怯的國民。這樣下去，一定要完結的。

我想，要中國得救，也不必添什麼東西進去，只要青年們將這兩種性質的古傳用法，反過來一用就夠了：對手如凶獸時就如凶獸，對手如羊時就如羊！

那麼，無論什麼魔鬼，就都只能回到他自己的地獄裡去。

五月十日

八

五月十二日《京報》的「顯微鏡」[4]下有這樣的一條——

「某學究見某報上載教育總長『章士釘』五七呈文[5]，愀然曰：『名字怪僻如此，非聖人之徒也，豈能為吾儕衛古文之道者乎！』」

因此想起中國有幾個字，不但在白話文中，就是在文言文中也幾乎不用。其一是這誤印為「釘」的「釗」字，還有一個是「淦」字，大概只在人名裡還有留遺。我手頭沒有《說文解字》[6]，釗字的解釋完全不記得了，淦則彷彿是船底漏水的意思。我們現在要敘述船漏水，無論用怎樣古奧的文章，大概總不至於說「淦矣」了罷，所以除了印張國淦，孫嘉淦或新淦縣的新聞之外，這一粒鉛字簡直是廢物。

至於「釗」，則化而為「釘」還不過一個小笑話；聽說竟有人因此受害。曹錕[7]做總統的時代（那時這樣寫法就要犯罪），要辦李大釗[8]先生，國務會議席上一個閣員說：「只要看他的名字，就知道不是一個安分的人。什麼名字不好取，他偏要叫李大劍?!」於是乎辦定了，因為這位「大劍」先生已經用名字自己證實，是「大刀王五」[9]一流人。

我在N的學堂[10]做學生的時候，也曾經因這「釗」字碰過幾個小釘子，但自然因為我自己不「安分」。一個新的職員到校了，勢派非常之大，學者似的，很傲然。可惜他不幸遇見了一個同學叫「沈釗」的，就倒了楣，因為他叫他「沈鈞」，以表白自己的不識字。於是我們一見面就譏笑他，就叫他為「沈鈞」，並且由譏笑而至於相罵。兩天之內，我和十多個同學就迭連記了兩小過兩大過，再記一小過，就要開除了。

但開除在我們那個學校裡並不算什麼大事件，大堂上還有軍令，可以將學生殺頭的。做那裡的校長這才威風呢，——但那時的名目卻叫作「總辦」的，資格又須是候補道[11]。

假使那時也像現在似的專用高壓手段，我們大概是早經「正法」，我也不會還有什麼「忽然想到」的了。我不知怎的近來很有「懷古」的傾向，例如這回因為一個字，就會露出遺老似的「緬懷古昔」的口吻來。

五月十三日

九

記得有人說過，回憶多的人們是沒出息的了，因為他眷念從前，難望再有勇猛的進取；但也有說回憶是最為可喜的。

前一說忘卻了誰的話，後一說大概是A.France[12]罷，——都由他。可是他們的話也都有些道理，整理起來，研究起來，一定可以消費許多功夫；但這都聽憑學者們去幹去，我不想來加入這一類高尚事業了，怕的是毫無結果之前，已經

「壽終正寢」[13]。（是否真是壽終，真在正寢，自然是沒有把握的，但此刻不妨寫得好看一點。）我能謝絕研究文藝的酒筵，能遠避開除學生的飯局，然而閻羅大王的請帖，大概是終於沒法「謹謝」的，無論你怎樣擺架子。好，現在是並非眷念過去，而是遙想將來了，可是一樣的沒出息。管他娘的，寫下去——

不動筆是為要保持自己的身分[14]，我近來才知道；可是動筆的九成九是為自己來辯護，則早就知道的了，至少，我自己就這樣。所以，現在要寫出來的，也不過是為自己的一封信——

FD君：

記得一年或兩年之前，蒙你賜書，指摘我在《阿Q正傳》中寫捉拿一個無聊的阿Q而用機關槍，是太遠於事理。我當時沒有答覆你，一則你信上不寫住址，二則阿Q已經捉過，我不能再邀你去看熱鬧，共同證實了。

但我前幾天看報章，便又記起了你。報上有一則新聞，大意是學生要到執政府去請願[15]，而執政府已於事前得知，東門上添了軍隊，西門上還擺起兩架機關槍，學生不得入，終於無結果而散云。你如果還在北京，何妨遠遠地——愈遠愈好——去望一望呢，倘使真有兩架，那麼，我就「振振有辭」了。

夫學生的遊行和請願由來久矣，他們都是「鬱鬱乎文哉」[16]，不但絕無炸彈和手槍，並且連九節鋼鞭，三尖兩刃刀也沒有，更何況丈八蛇矛和青龍掩月刀乎？至多，「懷中一紙書」而已，所以向來就沒有鬧過亂子的歷史。現在可是已經架起機關槍來了，而且有兩架！

但阿Q的事件卻大得多了，他確曾上城偷過東西，未莊也確已出了搶案。那時又還是民國元年，那些官吏，辦事自然比現在更離奇。先生！你想：這是十三年前的事呵。那時的事，我以為即使在《阿Q正傳》中再給添上一混成旅[17]和八尊過山炮，也不至於「言過其實」的罷。

請先生不要用普通的眼光看中國。我的一個朋友從印度回來，說，那地方真古怪，每當自己走過恒河邊，就覺得還要防被捉去殺掉而祭天[18]。我在中國也時時起這一類的恐懼。普通認為romantic[19]的，在中國是平常事；機關槍不裝在土穀祠[20]外，還裝到那裡去呢？

一九二五年五月十四日，魯迅上

【注釋】

1 本篇最初分三次發表於一九二五年五月十二日、十八日、十九日《京報副刊》。

2 此篇發表於一九二五年五月九日《京報副刊》。其中說：「魯迅先生曾在教室裡指示出來我們是溫良，像這樣外面塗著蜜的形容詞，我們當然可以安心的承受，而且，或者可以嘗出甜味來。」「然而突然出了意外的事，……我的心是被刺刺傷！」「我的意想裡那可愛的溫良面相漸漸模糊，那蜜，包在外面的那東西，已經消溶，致死的嘗出含在那裡面的毒質來！」又說：「在途中，我迎送著來來往往的這老國度的人民，從他們的面相上，服飾上，動作上以及所有他們的一切，我發現了兩批東西：凶獸和羊，踐踏者和奴隸。」參看本書《後記》。

3 指女師大風潮。一九二四年秋，國立北京女子師範大學學生反對校長楊蔭榆風潮發生，遷延數月未得解決。一九二五年一月，學生代表赴教育部訴述楊蔭榆長校以來的種種黑暗情況，請求將楊撤換；並發表宣言，堅決反對她為校長。同年四月，章士釗以司法總長兼任教育總長，聲言「整頓學風」，這就更助長了楊蔭榆的氣焰。為了配合章士釗的行動，仰承他的意旨，楊蔭榆在五月七日安排了一個演講會，請校外名人演講，想借此鞏固她的校長地位；同時又包含著這樣一個陰謀：若學生有反對舉動，則以國恥紀念日不守秩序的罪名予以懲罰。當天上午演講會舉行時，她登臺為主席，但即為全場學生的噓聲所趕走；下午她便在西安飯店召集若干教員宴飲，陰謀迫害學生，至九日即假借評議會名義開除學生自治會職員六人。

作者當時是該校的講師，平時對楊蔭榆的黑暗殘虐情形多曾目睹，風潮起後，他完全同情學生，這段文字，便是他第一次為女師大事件所說的話。

「掠袖擦掌」一語，即見於學生自治會為楊蔭榆開除學生六人致評議會函中。對五月七日演講會上發生衝突的情形，信中說：當時楊蔭榆「強以校長名義，悍然登臺為主席，事前不聽自治會各部職員之婉勸，致有當場激動學生公憤，稍起衝突之事」，而楊即「厲聲呼曰『叫警察』，同時總務長吳沆，掠袖擦掌，勢欲飽生等以老拳。」

4 當時《京報》的一個欄目，刊登的都是短小輕鬆的文字。

5 一九二五年五月七日，北京學生因紀念「五七」國恥遭到鎮壓後，曾結隊去章士釗住宅責問，與巡警發生衝突。「五七呈文」即指章士釗為此事給段祺瑞的呈文。

6 我國最古的字書之一，漢代許慎著，共三十卷。據《說文解字》：釗，「刓也」；淦，「水入船中也」。

7 曹錕（一八六二—一九三八）：字仲珊，天津人，北洋軍閥直系首領之一。一九二三年十月，他收買國會議員，以賄選得任中華民國總統，至一九二四年十一月，在與奉系軍閥張作霖作戰失敗後被迫退職。

8 李大釗（一八八九—一九二七）：字守常，河北樂亭人，馬克思列寧主義在中國最初的傳播者，中國共產黨創始人之一。曾任北京大學教授兼圖書館主任、《新青年》雜誌編輯。他積極領導反對北洋軍閥的鬥爭，因而遭到當權的直系軍閥曹錕、吳佩孚的壓迫。一九二六年十二月奉系軍閥張作霖進入北京，下令通緝他，次年四月六日被捕，二十八日遇害。

9 即王子斌，清末的著名鏢客。

10 Ｎ指南京。作者於一八九八年夏至一九〇二年初，曾就讀於南京的江南水師學堂和江南陸師學堂附設礦務鐵路學堂。

11 即候補道員。道員是清代官職，分總管省以下、府州以上一個行政區域職務的道員和專管一省特定職務的道員。又清代官制，只有官銜但還沒有實際職務的中下級官員，由吏部抽籤分發到某部或某省，聽候委用，稱為候補。

12 法朗士（一八四四—一九二四），法國作家。著有長篇小說《波納爾之罪》《黛依絲》《企鵝島》等。

13 《儀禮．士喪禮》有「死於適室」的話，據漢代鄭玄注：「適室，正寢之室也。」即住房的正屋。壽終正寢，老年時在家中安然死去的意思，別於橫死、客死或夭亡。

14 不動筆是為要保持自己的身分：陳西瀅在一九二五年五月十五日《京報副刊》上發表的給編者孫伏園的信中說：「一月以前，《京報副刊》登了幾個劇評，中間牽涉西林的地方，都與事實不符……西林因為不屑自低身分去爭辯，當然置之不理。」

15 一九二五年五月九日，北京各校學生為了援救因紀念「五七」國恥被捕的學生，前往段祺瑞執政府請願，要求釋放被捕者，罷免教育總長章士釗、京師員警總監朱深。

16 語見《論語·八佾》。據朱熹注：「鬱鬱，文盛貌。」這裡是文質彬彬的意思。

17 舊時軍隊中的一種編制，由步兵、騎兵、炮兵、工兵等兵種混合編成的獨立旅。

18 南亞的大河，流經印度等國。在印度宗教神話中被稱作聖河。傳說婆羅門教的主神濕婆神的「精力」化身婆婆娣，喜歡撕裂吞食帶血而顫動的生肉，所以恒河一帶信仰濕婆神的教徒「每年秋中，覓一人，質狀端美，殺取血肉，用以祀之，以祈嘉福。」（見《大慈恩寺三藏法師傳》卷三）「殺掉而祭天」可能指此。

19 英語，音譯「羅曼蒂克」，意思是浪漫的、幻想的、離奇的。

20 即土地廟。《阿Q正傳》中阿Q的棲身所。

「碰壁」之後[1]

我平日常常對我的年輕的同學們說：古人所謂「窮愁著書」[2]的話，是不大可靠的。窮到透頂，愁得要死的人，那裡還有這許多閒情逸致來著書？我們從來沒有見過候補的餓殍在溝壑邊吟哦；鞭撲底下的囚徒所發出來的不過是直聲的叫喊，絕不會用一篇妃紅儷白的駢體文[3]來訴痛苦的。所以待到磨墨吮筆，說什麼「履穿踵決」[4]時，腳上也許早經是絲襪；高吟「饑來驅我去……」的陶徵士[5]，其時或者偏已很有些酒意了。正當苦痛，即說不出苦痛來，佛說極苦地獄中的鬼魂，也反而並無叫喚！

華夏大概並非地獄，然而「境由心造」，我眼前總充塞著重迭的黑雲，其中有故鬼，新鬼，游魂，牛首阿旁，畜生，化生，大叫喚，無叫喚[6]，使我不堪聞見。我裝作無所聞見模樣，以圖欺騙自己，總算已從地獄中出離。

打門聲一響，我又回到現實世界了。又是學校的事。我為什麼要做教員?!想著走著，出去開門，果然，信封上首先就看見通紅的一行字：國立北京女子師範大學。

我本就怕這學校，因為一進門就覺得陰慘慘，不知其所以然，但也常常疑心是自己的錯覺。後來看到楊蔭榆校長《致全體學生公啟》[7]裡的「須知學校猶家庭，為尊長者斷無不愛家屬之理，為幼稚者亦當體貼尊長之心」的話，就恍然了，原來我雖然在學校教書，也等於在楊家坐館[8]，而這陰慘慘的氣味，便是從「冷板凳」[9]裡出來的。可是我有一種毛病，自己也疑心是自討苦吃的根苗，就是偶爾要想想。所以恍然之後，即又有疑問發生：這家族人員——校長和學生——的關係是怎樣的，母女，還是婆媳呢？

想而又想，結果毫無。幸而這位校長宣言多，竟在她《對於暴烈學生之感言》[10]裡獲得正確的解答了。曰，「與此曹子勃谿相向」，則其為婆婆無疑也。

現在我可以大膽地用「婦姑勃谿[11]」這句古典了。但婆媳吵架，與西賓[12]又何干呢？因為究竟是學校，所以總還是時常有信來，或是婆婆的，或是媳婦的。我的神經又不強，一聞打門而悔做教員者以此，而且也確有可悔的理由。

這一年她們的家務簡直沒有完，媳婦兒們不佩服婆婆做校長了，婆婆可是不歇手。這是她的家庭，怎麼肯放手呢？無足怪的。而且不但不放，還趁「五七」之際，在什麼飯店請人吃飯之後，開除了六個學生自治會的職員[13]，並且發表了那「須知學校猶家庭」的名論。

這回抽出信紙來一看，是媳婦兒們的自治會所發的，略謂：「旬餘以來，校務停頓，百費待興，若長此遷延，不特虛擲數百青年光陰，校務前途，亦岌岌不可終日。……」

底下是請教員開一個會，出來維持的意思的話，訂定的時間是當日下午四點鐘。

「去看一看罷。」我想。

這也是我的一種毛病，自己也疑心是自討苦吃的根苗；明知道無論什麼事，在中國是萬不可輕易去「看一看」的，然而終於改不掉，所以謂之「病」。但是，究竟也頗熟於世故了，我想後，又立刻決定，四點太早，到了一定沒有人，四點半去罷。

四點半進了陰慘慘的校門，又走進教員休息室。出乎意料之外！除一個打盹似的校役以外，已有兩位教員坐著了。一位是見過幾面的；一位不認識，似乎說是姓汪，或姓王，我不大聽明白，——其實也無須。

我也和他們在一處坐下了。

「先生的意思以為這事情怎樣呢？」這不識教員在招呼之後，看住了我的眼睛問。

「這可以由各方面說……。你問的是我個人的意見麼？我個人的意見，是反對楊先生的辦法的……」

糟了！我的話沒有說完，他便將他那靈便小巧的頭向旁邊一搖，表示不屑聽完的態度。但這自然是我的主觀；在他，或者也許本有將頭搖來搖去的毛病的。

「就是開除學生的罰太嚴了。否則，就很容易解決……」

我還要繼續說下去。

「嗡嗡。」他不耐煩似的點頭。

我就默然，點起火來吸煙捲。

「最好是給這事情冷一冷……」不知怎的他又開始發表他的「冷一冷」學說了。

「嗡嗡。瞧著看罷。」這回是我不耐煩似的點頭，但終於多說了一句話。

我點頭訖，瞥見座前有一張印刷品，一看之後，毛骨便悚然起來。文略謂：

「……第用學生自治會名義，指揮講師職員，召集校務維持討論會，……本校素遵部章，無此學制，亦無此辦法，根本上不能成立。……而自鬧潮以來……不能不籌正當方法，又有其他校務進行，亦待大會議決，茲定於（月之二十一日）下午七時，由校特請全體主任專任教員評議會會員在太平湖飯店開校務緊急會議，解決種種重要問題。務懇大駕蒞臨，無任盼禱！」

署名就是我所視為畏途的「國立北京女子師範大學」，但下面還有一個「啟」字。我這時才知道我不該來，也無須「蒞臨」太平湖飯店，因為我不過是一個「兼任教員」。然而校長為什麼不制止學生開會，又不預先否認，卻要叫我到了學校來看這「啟」的呢？

我憤然地要質問了，舉目四顧，兩個教員，一個校役，四面磚牆帶著門和窗門，而並沒有半個負有答覆的責任的生物。「國立北京女子師範學校」雖然能「啟」，然而是不能答的。只有默默地陰森地四周的牆壁將人包圍，現出險惡的顏色。

我感到苦痛了，但沒有悟出它的原因。

可是兩個學生來請開會了；婆婆終於沒有露面。我們就走進會場去，這時連我已經有五個人；後來陸續又到了七八人。於是乎開會。「為幼稚者」彷彿不大能夠「體貼尊長之心」似的，很訴了許多苦　然而我們有什麼權利來干預「家庭」裡的事呢？而況太平湖飯店裡又要「解決種種重要問題」了！但是我也說明了幾句我所以來校的理由，並要求學校當局今天縮頭縮腦辦法的解答。然而，舉目四顧，只有媳婦兒們和西賓，磚牆帶著門和窗門，而並沒有半個負有答覆的責任的生物！

我感到苦痛了，但沒有悟出它的原因。

這時我所不識的教員和學生在談話了；我也不很細聽。但在他的話裡聽到一句「你們做事不要碰壁」，在學生的話裡聽到一句「楊先生就是壁」，於我就彷彿見了一道光，立刻知道我的痛苦的原因了。

碰壁，碰壁！我碰了楊家的壁了！

其時看看學生們，就像一群童養媳……。

這一種會議是照例沒有結果的，幾個自以為大膽的人物對於婆婆稍加微辭之後，即大家走散。我回家坐在自己的窗下的時候，天色已近黃昏，而陰慘慘的顏色卻漸漸地退去，回憶到碰壁的學說，居然微笑起來了。

中國各處是壁，然而無形，像「鬼打牆」[14]一般，使你隨時能「碰」。能打這牆的，能碰而不感到痛苦的，是勝利者。——但是，此刻太平湖飯店之宴已近闌珊，大家都已經吃到冰淇淋，在那裡「冷一冷」了罷……。

我於是彷彿看見雪白的桌布已經沾了許多醬油漬，男男女女圍著桌子都吃冰淇淋，而許多媳婦兒，就如中國歷來的大多數媳婦兒在苦節的婆婆腳下似的，都決定了暗淡的運命。

我吸了兩支菸，眼前也光明起來，幻出飯店裡電燈的光彩，看見教育家在杯酒間謀害學生，看見殺人者於微笑後屠戮百姓，看見死屍在糞土中舞蹈，看見污穢灑滿了風籟琴，我想取作畫圖，竟不能畫成一線。我為什麼要做教員，連自己也侮蔑自己起來。但是織芳[15]來訪我了。

我們閒談之間，他也忽而發感慨——

「中國什麼都黑暗，誰也不行，但沒有事的時候是看不出來的。教員咧，學生咧，烘烘烘，烘烘烘，真像一個學校，一有事故，教員也不見了，學生也慢慢躲開了；結局只剩下幾個傻子給大家做犧牲，算是收束。多少天之後，又是這樣的學校，躲開的也出來了，不見的也露臉了，『地球是圓的』咧，『蒼蠅是傳染病的媒介』咧，又是學生咧，教員咧，烘烘烘……」

從不像我似的常常「碰壁」的青年學生的眼睛看來，中國也就如此之黑暗麼？然而他們僅有微弱的呻吟，然而一呻吟就被殺戮了！

五月二十一日夜

【注釋】

1 本篇最初發表於一九二五年六月一日《語絲》週刊第二十九期。

2 語出《史記·虞卿傳》：「虞卿非窮愁亦不能著書以自見於後世。」虞卿，戰國時趙國的上卿。

3 古代的一種文體，盛行於南北朝，講究對仗工整、聲律和諧、詞藻華麗。「妃紅儷白」就是駢體文句，紅白相對的意思。

4 鞋子破舊，腳跟露出的意思。《莊子·山木》：「衣弊履穿，貧也。」又《莊子·讓王》：「曾子居衛……十年不製衣……納屨而踵決。」

5 指陶淵明（約三六五—四二七），名潛，字元亮，潯陽柴桑（今江西九江）人，東晉詩人。安帝義熙末年（四一八），徵召他為著作郎，不就，因此被稱為「徵士」。「饑來驅我去」，見他的

《乞食》一詩。

6 地獄中牛頭人身的鬼卒；畜生、化生，輪迴中的變化；大叫喚、無叫喚，地獄中的鬼魂。這些都是佛家語。

7 楊蔭榆（一八八四—一九三八），江蘇無錫人，曾留學美國，當時任國立北京女子師範大學校長。她依附北洋軍閥，肆意壓迫學生，是當時推行帝國主義和封建主義奴化教育的代表人物之一。在一九二五年女師大學生反楊風潮中，她於五月九日無理開除學生自治會職員六人，並於次日發表《致全體學生公啟》，其中說：「頃者不幸，少數學生滋事，犯規至於出校，初時一再隱忍，無非委曲求全。至於今日，續成絕望，乃有此萬不得已之舉。須知學校猶家庭，為尊長者，斷無不愛家屬之理，為幼稚者，亦當體貼尊長之心。」（見一九二五年五月十一日《晨報》）

8 舊時稱當家庭教師為「坐館」。

9 清代范寅《越諺》：「謔塾師曰：『坐冷板凳』。」意思是冷落的職位，也泛指受到冷遇、無事可為。

10 這篇「感言」是楊蔭榆開除學生自治會職員六人後離校遷居飯店時所發的，其中說：「若夫拉雜讕言，齮齕筆舌，與此曹子勃谿相向，憎口縱極鼓簧，自待不宜過薄。……夢中多曹社之謀，心上有杞天之慮；然而人紀一日猶存，公理百年自在。」（見一九二五年五月二十日《晨報》）

11 語見《莊子·外物》。婆媳吵架的意思。

12 同西席。舊時對家塾教師或幕友的含有敬意的稱謂。

13 六個學生自治會的職員：即蒲振聲、張平江、鄭德音、劉和珍、許廣平、姜伯諦。

14 夜間走路有時會在一個地方轉來轉去，找不出應走的路來，被認為是被鬼用無形的牆壁攔住，叫做「鬼打牆」。

15 即荊有麟，山西猗氏人。他曾在北京世界語專門學校聽過作者的課，當時以「文學青年」的面貌在文學、新聞界活動。

並非閒話[1]

凡事無論大小，只要和自己有些相干，便不免格外警覺。即如這一回女子師範大學的風潮，我因為在那裡擔任一點鐘功課，也就感到震動，而且就發了幾句感慨，登在五月十二的《京報副刊》上[2]。自然，自己也明知道違了「和光同塵」[3]的古訓了，但我就是這樣，並不想以騎牆或陰柔來買人尊敬。

三四天之後，忽然接到一本《現代評論》[4]十五期，很覺得有些稀奇。這一期是新印的，第一頁上目錄已經整齊（初版字有參差處），就證明著至少是再版。我想：為什麼這一期特別賣的多，送的多呢，莫非內容改變了麼？翻開初版來，校勘下去，都一樣；不過末頁的金城銀行的廣告已經杳然，所以一篇《女師大的學潮》[5]就赤條條地露出。

我不是也發過議論的麼？自然要看一看，原來是贊成楊蔭榆校長的，和我的論調正相反。做的人是「一個女讀者」。

中國原是玩意兒最多的地方，近來又剛鬧過什麼「琴心是否女士[6]」問題，我於是心血來潮，忽而想：又搗什麼鬼，裝什麼佯了？但我即刻不再想下去，因為接著就起了別一個念頭，想到近來有些人，凡是自己善於在暗中播弄鼓動的，一看見別人明白質直的言動，便往往反噬他是播弄和鼓動，是某黨，是某系；正如偷漢的女人的丈夫，總願意說世人全是忘八，和他相同，他心裡才覺舒暢。這種思想是卑劣的；我太多心了，人們也何至於一定用裙子來做軍旗。我就將我的念頭打斷了。

此後，風潮還是拖延著，而且展開來，於是有七個教員的宣言[7]發表，也登在五月二十七日的《京報》上，其中的一個是我。

這回的反響快透了，三十日發行（其實是二十九日已經發賣）的《現代評論》上，西瀅先生[8]就在《閒話》的第一段中特地評論。但是，據說宣言是「《閒話》正要付印的時候」才在報上見到的，所以前半只論學潮，和宣言無涉。後來又做了三大段，大約是見了宣言之後，這才文思泉湧的罷，可是《閒話》付印的時間，大概總該頗有些耽誤了。但後做而移在前面，也未可知。那麼，足見這一段要緊的「閒話」。

《閒話》中說，「以前我們常常聽說女師大的風潮，有在北京教育界占最大勢力的某籍某系的人在暗中鼓動，可是我們總不敢相信。」所以他只在宣言中摘出「最精彩的幾句」，加上圈子，評為「未免偏袒一方」；而且因為「流言更加傳布得厲害」，遂覺「可惜」，但他說「還是不信我們平素所很尊敬的人會暗中挑剔風潮」。這些話我覺得確有些超妙的識見。例如「流言」本是畜類的武器，鬼蜮的手段，實在應該不信它。又如一查籍貫，則即使裝作公平，也容易啟人疑竇，總不如「不敢相信」的好，否則同籍的人固然憚於在一張紙上宣言，而別一某籍的人也不便在暗中給同籍的人幫忙[9]了。這些「流言」和「聽說」，當然都只配當作狗屁！

但是，西瀅先生因為「未免偏袒一方」而遂嘆為「可惜」，仍是引用「流言」，我卻以為是「可惜」的事。清朝的縣官坐堂，往往兩造各責小板五百完案，「偏袒」之嫌是沒有了，可是終於不免為糊塗蟲。假使一個人還有是非之心，倒不如直說的好；否則，雖然吞吞吐吐，明眼人也會看出他暗中「偏袒」那一方，所表白的不過是自己的陰險和卑劣。

宣言中所謂「若離若合，殊有混淆黑白之嫌」者，似乎也就是為此輩的手段寫照。而且所謂「挑剔風潮」的「流言」，說不定就是這些伏在暗中，輕易不大露面的東西所製造的，但我自然也「沒有調查詳細的事實，不大知道」。可惜的是西瀅先生雖說「還是不信」，卻已為我輩「可惜」，足見流言之易於惑人，無怪常有人用作武器。

但在我，卻直到看見這《閒話》之後，才知道西瀅先生們原來「常常」聽到這樣的流言，並且和我偶爾聽到的都不對。可見流言也有種種，某種流言，大抵是奔湊到某種耳朵，寫出在某種筆下的。

但在《閒話》的前半，即西瀅先生還未在報上看見七個教員的宣言之前，已經比學校為「臭毛廁」，主張「人人都有掃除的義務」了[10]。為什麼呢？一者報上兩個相反的啟事已經發現；二者學生把守校門；三者有「校長不能在學校開會，不得不借鄰近的飯店召集教員開會的奇聞」。但這所述的「臭毛廁」的情形還得修改些，因為層次有點顛倒。據宣言說，則「飯店開會」，乃在「把守校門」

之前，大約西瀅先生覺得不「最精彩」，所以沒有摘錄，或者已經寫好，所以不及摘錄的罷。現在我來補摘幾句，並且也加些圈子，聊以效顰——

「……迨五月七日校內講演時，學生勸校長楊蔭榆先生退席後，楊先生乃於飯館召集校員若干燕飲，繼即以評議會名義，將學生自治會職員六人揭示開除，由是全校譁然，有堅拒楊先生長校之事變。……」

《閒話》裡的和這事實的顛倒，從神經過敏的看起來，或者也可以認為「偏袒」的表現；但我在這裡並非舉證，不過聊作插話而已。其實，「偏袒」兩字，因我適值選得不大堂皇，所以使人厭觀，倘用別的字，便會大大的兩樣。況且，即使是自以為公平的批評家，「偏袒」也在所不免的，譬如和校長同籍貫，或是好朋友，或是換帖兄弟，或是叨過酒飯，每不免於不知不覺間有所「偏袒」。這也算人情之常，不足深怪；但當侃侃而談之際，那自然也許流露出來。然而也沒有什麼要緊，局外人那裡會知道這許多底細呢，無傷大體的。

但是學校的變成「臭毛廁」，卻究竟在「飯店招集教員」之後，酒醉飯飽，毛廁當然合用了。西瀅先生希望「教育當局」打掃，我以為在打掃之前，還須先封飯店，否則醉飽之後，總要拉矢，毛廁即永遠需用，怎麼打掃得乾淨？而且，還未打掃之前，不是已經有了「流言」了麼？流言之力，是能使糞便增光，蛆蟲成聖的，打掃夫又怎麼動手？姑無論現在有無打掃夫。

至於「萬不可再敷衍下去」，那可實在是斬釘截鐵的辦法。正應該這樣辦。但是，世上雖然有斬釘截鐵的辦法，卻很少見有敢負責任的宣言。所多的是自在黑幕中，偏說不知道；替暴君奔走，卻以局外人自居；滿肚子懷著鬼胎，而裝出公允的笑臉；有誰明說出自己所觀察的是非來的，他便用了「流言」來作不負責任的武器：這種蛆蟲充滿的「臭毛廁」，是難於打掃乾淨的。丟盡「教育界的面目」的醜態，現在和將來還多著哩！

五月三十日

【注釋】

1 本篇最初發表於一九二五年六月一日《京報副刊》。

2 即收入本書的《忽然想到》之七。

3 語出《老子》：「和其光，同其塵。」隨和的意思。

4 綜合性週刊，胡適、陳西瀅、王世杰、徐志摩等人所辦的同人雜誌。一九二四年十二月創刊於北京，一九二七年移至上海出版，一九二八年底停刊。這個刊物的創辦者和主要撰稿人，當時被稱為「現代評論派」。

5 這是一篇署名為「一個女讀者」給《現代評論》記者的信，載於該刊第一卷第十五期（一九二五年三月二十一日）。主要意思是說：女師大學生迭次驅楊的「那些宣言書中所列舉楊氏的罪名，既大都不能成立罪名……而這回風潮的產生和發展，校內校外尚別有人在那裡主使。」又說「女師大是中國唯一的女子大學，楊氏也是充任大學校長的唯一的中國女子……我們應否任她受教育當局或其他任何方面的排擠攻擊？我們女子應否自己還去幫著摧殘她？」

6 一九二五年一月，北京女師大新年同樂會演出北大學生歐陽蘭所作獨幕劇《父親的歸來》，內容幾乎完全抄襲日本菊池寬所著的《父歸》，經人在《京報副刊》上指出後，除歐陽蘭本人作文答辯外，還出現了署名「琴心」的女師大學生，也作文為他辯護。不久，又有人揭發歐陽蘭抄襲郭沫若譯的雪萊詩，這位「琴心」和另一「雪紋女士」又一連寫幾篇文字替他分辯。但事實上，所謂「琴心」女士，是歐陽蘭的女友夏雪紋（當時在女師大讀書）的別號，而署名「琴心」和「雪紋女士」的文字，都是歐陽蘭自己作的。

7 即由魯迅起草的《對於北京女子師範大學風潮宣言》（收入《集外集拾遺補編》）。它是針對楊蔭榆開除學生自治會職員和她的《對於暴烈學生之感言》而發的，由馬裕藻、沈尹默、周樹人、李泰棻、錢玄同、沈兼士、周作人七人署名。文中說：「六人學業，俱非不良，至於品行一端，平素又絕無懲戒記過之跡，以此與開除並論，而又若離若合，殊有混淆黑白之嫌。」

8 陳源（一八九六—一九七〇），字通伯，筆名西瀅，江蘇無錫人，現代評論派的主要成員。當時任北京大學教授。他在《現代評論》第一卷第二十五期（一九二五年五月三十日）的《閒話》中說：「《閒話》正要付印的時候，我們在報紙上看見女師大七教員的宣言。以前我們常常聽說女師大的風潮，有在北京教育界占最大勢力的某籍某系的人在暗中鼓動，可是我們總不敢相信。這個宣言語氣措辭，我們看來，未免過於偏袒一方，不大公允，看文中最精采的幾句就知道了。（摘句略）這是很可惜的。我們自然還是不信我們平素所很尊敬的人會暗中挑剔風潮，但是這篇宣言一出，免不了流言更加傳布得厲害了。」

按某籍，指浙江；某系指當時北京大學國文系。發表宣言的七人除李泰棻外，都是浙江人和北京大學國文系教授。

9 指陳西瀅給楊蔭榆幫忙，他們都是江蘇無錫人。

10 陳西瀅在這篇《閒話》的前半段中說：「女師大的風潮，究竟學生是對的還是錯的，反對校長的是少數還是多數，我們沒有調查詳細的事實，無從知道。我們只覺得這次鬧得太不像樣了。同系學生同時登兩個相反的啟事已經發現了。學生把守校門，誤認了一個緩緩駛行的汽車為校長回校而群起包圍它的笑話，也到處流傳了。校長不能在學校開會，不得不借臨近飯店召集教員會議的奇聞，也見於報章了。學校的醜態既然畢露，教育界的面目也就丟盡。到了這種時期，實在旁觀的人也不能再讓它醞釀下去，好像一個臭毛廁，人人都有掃除的義務。在這時候勸學生們不為過甚，或是勸楊校長辭職引退，都無非粉刷毛廁，並不能解決根本的問題。我們以為教育當局應當切實的調查這次風潮的內容……萬不可再敷衍姑息下去，以至將來要整頓也沒有了辦法。」

我的「籍」和「系」[1]

雖然因為我勸過人少——或者竟不——讀中國書，曾蒙一位不相識的青年先生賜信要我搬出中國去[2]，但是我終於沒有走。而且我究竟是中國人，讀過中國書的，因此也頗知道些處世的妙法。譬如，假使要掉文袋[3]，可以說說「桃紅柳綠」，這些事是大家早已公認的，誰也不會說你錯。如果論史，就讚幾句孔明，罵一通秦檜[4]，這些是非也早經論定，學述一回絕沒有什麼差池；況且秦太師的黨羽現已半個無存，也可保毫無危險。至於近事呢，勿談為佳，否則連你的籍貫也許會使你由可「尊敬」而變為「可惜」的。

我記得宋朝是不許南人做宰相的，那是他們的「祖制」，只可惜終於不能堅持[5]。至於「某籍」人說不得話，卻是我近來的新發現。

也還是女師大的風潮，我說了幾句話。但我先要聲明，我既然說過，頗知道些處世的妙法，為什麼又去說話呢？那是，因為，我是見過清末搗亂的人，沒有生長在太平盛世，所以縱使頗有些涵養工夫，有時也不免要開口，客氣地說，就是大不「安分」的。於是乎我說話了，不料陳西瀅先生早已常常聽到一種「流言」，那大致是「女師大的風潮，有北京教育界占最大勢力的某籍某系的人在暗中鼓動」。現在我一說話，恰巧化「暗」為「明」，就使這常常聽到流言的西瀅先生代為「可惜」，雖然他存心忠厚，「自然還是不信平素所很尊敬的人會暗中挑剔風潮」；無奈「流言」卻「更加傳布得厲害了」，這怎不使人「懷疑」[6]呢？自然是難怪的。

我確有一個「籍」，也是各人各有一個的籍，不足為奇。但我是什麼「系」呢？自己想想，既非「研究系」，也非「交通系」[7]，真不知怎麼一回事。只好再精查，細想；終於也明白了，現在寫它出來，庶幾乎免得又有「流言」，以為我是黑籍的政客。

因為應付某國某君[8]的囑託，我正寫了一點自己的履歷，第一句是「我於一八八一年生在浙江省紹興府城裡一家姓周的家裡」，這裡就說明了我的「籍」。但自從到了「可惜」的地位之後，我便又在末尾添上一句道，「近幾年我又兼做北京大學，師範大學，女子師範大學的國文系講師」，這大概就是我的「系」了。我真不料我竟成了這樣的一個「系」。

我常常要「挑剔」文字是確的，至於「挑剔風潮」這一種連字面都不通的陰謀，我至今還不知道是怎樣的做法。何以一有流言，我就得沉默，否則立刻犯了嫌疑，至於使和我毫不相干的人如西瀅先生者也來代為「可惜」呢？那麼，如果流言說我正在鑽營，我就得自己鎖在房裡了；如果流言說我想做皇帝，我就得連忙自稱奴才了。然而古人卻確是這樣做過了，還留下些什麼「空穴來風，桐乳來巢」[9]的鬼格言。可惜我總不耐煩敬步後塵；不得已，我只好對於無論是誰，先奉還他無端送給我的「尊敬」。

其實，現今的將「尊敬」來布施和拜領的人們，也就都是上了古人的當。我們的乏的古人想了幾千年，得到一個制馭別人的巧法：可壓服的將他壓服，否則將他抬高。而抬高也就是一種壓服的手段，常常微微示意說，你應該這樣，倘不，我要將你摔下來了。求人尊敬的可憐蟲於是默默地坐著；但偶然也放開喉嚨道「有利必有弊呀！」「彼亦一是非，此亦一是非[10]呀！」「猗歟休哉[11]呀！」聽眾遂亦同聲讚嘆道，「對呀對呀，可敬極了呀！」這樣的互相敷衍下去，自己以為有趣。

從此這一個辦法便成為八面鋒[12]，殺掉了許多乏人和白癡，但是穿了聖賢的衣冠入殮。可憐他們竟不知道自己將褒貶他的人們的身價估得太大了，反至於連自己的原價也一同失掉。

人類是進化的，現在的人心　當然比古人的高潔；但是「尊敬」的流毒，卻還不下於流言，尤其是有誰裝腔作勢，要來將這撒去時，更足使乏人和白癡惶恐。我本來也無可尊敬；也不願受人尊敬，免得不如人意的時候，又被人摔下來。更明白地說罷：我所憎惡的太多了，應該自己也得到憎惡，這才還有點像活在人間；如果收得的乃是相反的布施，於我倒是一個冷嘲，使我對於自己也要大加侮蔑；如果收得的是吞吞吐吐的不知道算什麼，則使我感到將要嘔噦似的噁心。然而無論如何，「流言」總不能嚇啞我的嘴……。

六月二日晨

【注釋】

1 本篇最初發表於一九二五年六月五日《莽原》週刊第七期。

2 指署名「瞎嘴」寫於一九二五年三月五日的致作者的信。這封信攻擊作者的《青年必讀書》，其中說：「我誠懇的希望：一、魯迅先生是感覺『現在青年最要緊的是「行」，不是「言」』，所以敢請你出來作我們一般可憐的青年的領袖先搬到外國（連家眷）去，然後我要做個搖旗吶喊的小卒。二、魯迅先生搬家到外國後，我們大家都應馬上搬去。」

3 亦作掉書袋。《南唐書．彭利用傳》：「言必據書史，斷章破句，以代常談，俗謂之掉書袋。」

4 諸葛亮（一八一—二三四），字孔明，琅琊陽都（今山東沂南）人，三國時的政治家和軍事家。曾任蜀漢丞相。

秦檜（一〇九〇—一一五五），字會之，江寧（今南京）人。曾任南宋宰相，加太師銜，是主張降金的內奸，誣殺抗金名將岳飛的主謀。

5 關於宋朝不許南人做宰相，據宋代筆記小說《道山清話》（著者不詳）載：「太祖（趙匡胤）嘗有言，不用南人為相，實錄、國史皆載，陶谷《開基萬年錄》、《開寶史譜》言之甚詳，皆言太祖親寫『南人不得坐吾此堂』，刻石政事堂上。」這個「祖制」，在真宗天禧元年（一〇一七）王欽若（江西新喻人）做了宰相後，就被打破。

6 指陳西瀅。他在《現代評論》第一卷第二十五期（一九二五年五月三十日）發表的《閒話》中說：「以前學校鬧風潮，學生幾乎沒有對的，現在學校鬧風潮，學生幾乎沒有錯的。這可以說是今昔言論界的一種信條。在我這種喜歡懷疑的人看來，這兩種觀念都無非是迷信。」

7 在黎元洪任北洋政府總統、段祺瑞任國務總理期間，原進步黨首領梁啟超、湯化龍等組織「憲法研究會」，依附段祺瑞，並勾結西南軍閥，進行政治投機活動，這個政客集團被稱為「研究系」。「交通系」，袁世凱的秘書長兼交通銀行總理梁士詒曾奉命組織他的部屬為「公民黨」，充當袁世凱當選總統和復辟帝制的工具，這個政客集團被稱為「交通系」。

8 指蘇聯人王希禮（B.A.Vassiliev），俄文本《阿Q正傳》的最初翻譯者，當時是在河南的國民軍第二軍俄國顧問團成員。作者曾為他的譯本寫過序及《著者自敍傳略》，後都編入《集外集》中。

9 語出《文選》宋玉《風賦》李善注引《莊子》（佚文）：「空門來風，桐乳致巢。」據晉代司馬彪注：「門戶孔空，風善從之；桐子似乳，著其葉而生，其葉似箕，鳥喜巢其中也。」這裡的意思是說：流言之來，一定是本有可乘之隙的緣故。

10 語見《莊子．齊物論》。

11 為一嘆美詞。

12 鋒利無比的意思。清代陳春在《永嘉先生八面鋒》（傳為南宋陳傅良著）一書的跋文中說：「物之不可犯者鋒，鋒而至於八則面面相當，往無不利。」

咬文嚼字（三）[1]

三

自從世界上產生了「須知學校猶家庭」的名論之後，頗使我覺得驚奇，想考查這家庭的組織。後來，幸而在《國立北京女子師範大學校長楊蔭榆對於暴烈學生之感言》中，發現了「與此曹子勃谿相向」這一句話，才算得到一點頭緒：校長和學生的關係是「猶」「婦姑」。於是據此推斷，以為教員都是雜湊在楊府上的西賓，將這結論在《語絲》上發表[2]。

「可惜」！昨天偶然在《晨報》上拜讀「該校哲教系教員兼代主任汪懋祖以彼

之意見書投寄本報」[3]的話，這才知道我又錯了，原來都是弟兄，而且現正「相煎益急」，像曹操的兒子阿丕和阿植[4]似的。

但是，尚希原諒，我於引用的原文上都不加圈了。只因為我不想圈，並非文章壞。

據考據家說，這曹子建的《七步詩》[5]是假的。但也沒有什麼大相干，姑且利用它來活剝一首，替豆萁伸冤：

煮豆燃豆萁，萁在釜下泣——

我燼你熟了，正好辦教席！

六月五日

【注釋】

1 本篇最初發表於一九二五年六月七日《京報副刊》。

2 收入本書的《「碰壁」之後》。

3 汪懋祖（一八九一—一九四九），字典存，江蘇吳縣人，當時的女師大教員，是楊蔭榆迫害學生事件的積極參加者。楊蔭榆宴請評議員於西安飯店，他也列席。他在這篇致「全國教育界」的意見書（載一九二五年六月二日《晨報》）中，誣衊學生，顛倒黑白，對楊蔭榆大加推崇：「楊校長之為人，頗有剛健之氣，欲努力為女界爭一線光明，凡認為正義所在，雖赴湯蹈火，在所不辭。今反楊者，相煎益急，鄙人排難計窮，不敢再參末議。」

4 即曹丕（一八七—二二六），字子桓，沛國譙（今安徽亳縣）人，曹操的次子，文學家。公元二二〇年廢漢獻帝，建立魏王朝，後稱魏文帝，著有《魏文帝集》。阿植，即曹植（一九二—二三二），字子建，曹操第三子。詩人。曾封東阿王，後封陳王，謚思，後世稱為陳思王，著有《曹子建集》。

5 《世說新語．文學》載：「文帝嘗令東阿王七步中作詩，不成者行大法；應聲便為詩曰：『煮豆持作羹，漉菽以為汁。萁在釜下燃，豆在釜中泣。本自同根生，相煎何太急。』」明代馮惟訥《古詩紀》選錄此詩，注云「本集不載」，並附錄四句的一首：「煮豆燃豆萁，豆在釜中泣。本是同根生，相煎何太急。」清代丁晏的《曹集詮評》中關於此詩也說：「《詩紀》云『本集不載』，疑出附會。」

忽然想到（十～十一）[1]

十

無論是誰，只要站在「辯誣」的地位的，無論辯白與否，都已經是屈辱。更何況受了實際的大損害之後，還得來辯誣。

我們的市民被上海租界的英國巡捕擊殺了[2]，我們並不還擊，卻先來趕緊洗刷犧牲者的罪名[3]。說道我們並非「赤化」，因為沒有受別國的煽動；說道我們並非「暴徒」，因為都是空手，沒有兵器的。我不解為什麼中國人如果真使中國赤化，真在中國暴動，就得聽英捕來處死刑？記得新希臘人也曾用兵器對付過國內的土耳其人[4]，卻並不被稱為暴徒；俄國確已赤化多年了，也沒有得到別國開槍的懲罰。而獨有中國人，則市民被殺之後，還要皇皇然辯誣，張著含冤的眼睛，向世界搜求公道。

其實，這原由是很容易了然的，就因為我們並非暴徒，並未赤化的緣故。因此我們就覺得含冤，大叫著偽文明的破產。可是文明是向來如此的，並非到現在才將假面具揭下來。只因為這樣的損害，以前是別民族所受，我們不知道，或者是我們原已屢次受過，現在都已忘卻罷了。公道和武力合為一體的文明，世界上本未出現，那萌芽或者只在幾個先驅者和幾群被迫壓民族的腦中。但是，當自己有了力量的時候，卻往往離而為二了。

但英國究竟有真的文明人存在。今天，我們已經看見各國無黨派智識階級勞動者所組織的國際工人後援會，大表同情於中國的《致中國國民宣言》[5]了。列名的人，英國就有培那特蕭（Bernard Shaw）[6]，中國的留心世界文學的人大抵知道他的名字；法國則巴爾布斯（Henri Barbusse）[7]，中國也曾譯過他的作品。他的母親卻是英國人；或者說，因此他也富有實行的質素，法國作家所常有的享樂的氣息，在他的作品中是絲毫也沒有的。現在都出而為中國鳴不平了，所以我覺得英國人的品性，我們可學的地方還多著，——但自然除了捕頭，商人，和看見學生的遊行而在屋頂拍手嘲笑的娘兒們。

我並非說我們應該做「愛敵若友」的人，不過說我們目下委實並沒有認誰作敵。近來的文字中，雖然偶有「認清敵人」這些話，那是行文過火的毛病。倘有敵人，我們就早該抽刃而起，要求「以血償血」了。而現在我們所要求的是什麼呢？辯誣之後，不過想得點輕微的補償；那辦法雖說有十幾條[8]，總而言之，單是「不相往來」，成為「路人」而已。雖是對於本來極密的友人，怕也不過如此罷。

然而將實話說出來，就是：因為公道和實力還沒有合為一體，而我們只抓得了公道，所以滿眼是友人，即使他加了任意的殺戮。

如果我們永遠只有公道，就得永遠著力於辯誣，終身空忙碌。這幾天有些紙貼在牆上，彷彿叫人勿看《順天時報》[9]似的。我從來就不大看這報，但也並非「排外」，實在因為它的好惡，每每和我的很不同。然而也間有很確，為中國人自己不肯說的話。

大概兩三年前，正值一種愛國運動的時候罷，偶見一篇它的社論[10]，大意說，一國當衰弊之際，總有兩種意見不同的人。一是民氣論者，側重國民的氣概，一是民力論者，專重國民的實力。前者多則國家終亦漸弱，後者多則將強。我想，這是很不錯的；而且我們應該時時記得的。

可惜中國歷來就獨多民氣論者，到現在還如此。如果長此不改，「再而衰，三而竭」[11]，將來會連辯誣的精力也沒有了。所以在不得已而空手鼓舞民氣時，尤必須同時設法增長國民的實力，還要永遠這樣的幹下去。

因此，中國青年負擔的煩重，就數倍於別國的青年了。因為我們的古人將心力大抵用到玄虛漂渺平穩圓滑上去了，便將艱難切實的事情留下，都待後人來補做，要一人兼做兩三人，四五人，十百人的工作，現在可正到了試練的時候了。對手又是堅強的英人，正是他山的好石[12]，大可以借此來磨練。

假定現今覺悟的青年的平均年齡為二十，又假定照中國人易於衰老的計算，至少也還可以共同抗拒，改革，奮鬥三十年。不夠，就再一代，二代……。這樣的數目，從個體看來，彷彿是可怕的，但倘若這一點就怕，便無藥可救，只好甘心滅亡。因為在民族的歷史上，這不過是一個極短時期，此外實沒有更快的捷徑。我們更無須遲疑，只是試練自己，自求生存，對誰也不懷惡意的幹下去。

但足以破滅這運動的持續的危機，在目下就有三樣：一是日夜偏注於表面的宣傳，鄙棄他事；二是對同類太操切，稍有不合，便呼之為國賊，為洋奴；三是有許多巧人，反利用機會，來獵取自己目前的利益。

六月十一日

十一

（一）急不擇言

「急不擇言」的病源，並不在沒有想的工夫，而在有工夫的時候沒有想。

上海的英國捕頭殘殺市民之後，我們就大驚憤，大嚷道：偽文明人的真面目顯露了！那麼，足見以前還以為他們有些真文明。然而中國有槍階級的焚掠平民，屠殺平民，卻向來不很有人抗議。莫非因為動手的是「國貨」，所以連殘殺也得歡迎；還是我們原是真野蠻，所以自己殺幾個自家人就不足為奇呢？

自家相殺和為異族所殺當然有些不同。譬如一個人，自己打自己的嘴巴，心平氣和，被別人打了，就非常氣忿。但一個人而至於乏到自己打嘴巴，也就很難免為別人所打，如果世界上「打」的事實還沒有消除。

我們確有點慌亂了，反基督教的叫喊[13]的尾聲還在，而許多人已頗佩服那教士的對於上海事件的公證[14]；並且還有去向羅馬教皇訴苦[15]的。一流血，風氣就會這樣的轉變。

（二）一致對外

甲：「喂，乙先生！你怎麼趁我忙亂的時候，又將我的東西拿走了？現在拿出來，還我罷！」

乙：「我們要一致對外！這樣危急時候，你還只記得自己的東西麼？亡國奴！」

（三）「同胞同胞！」

我願意自首我的罪名：這回除硬派的不算外，我也另捐了極少的幾個錢，可是本意並不在以此救國，倒是為了看見那些老實的學生們熱心奔走得可感，不好意思給他們碰釘子。

學生們在演講的時候常常說，「同胞，同胞！……」但你們可知道你們所有的是怎樣的「同胞」，這些「同胞」是怎樣的心麼？

不知道的。即如我的心，在自己說出之前，募捐的人們大概就不知道。

我的近鄰有幾個小學生，常常用幾張小紙片，寫些幼稚的宣傳文，用他們弱小的腕，來貼在電杆或牆壁上。待到第二天，我每見多被撕掉了。雖然不知道撕的是誰，但未必是英國人或日本人罷。

「同胞，同胞！……」學生們說。

我敢於說，中國人中，仇視那真誠的青年的眼光，有的比英國或日本人還凶險。為「排貨」[16]復仇的，倒不一定是外國人！

要中國好起來，還得做別樣的工作。

這回在北京的演講和募捐之後，學生們和社會上各色人物接觸的機會已經很不少了，我希望有若干留心各方面的人，將所見，所受，所感的都寫出來，無論是好的，壞的，像樣的，丟臉的，可恥的，可悲的，全給它發表，給大家看看我們究竟有著怎樣的「同胞」。

明白以後，這才可以計畫別樣的工作。

而且也無須掩飾。即使所發見的並無所謂同胞，也可以從頭創造的；即使所發見的不過完全黑暗，也可以和黑暗戰鬥的。

而且也無須掩飾了，外國人的知道我們，常比我們自己知道得更清楚。試舉一個極近便的例，則中國人自編的《北京指南》，還是日本人做的《北京》精確！

（四）斷指和暈倒

又是砍下指頭，又是當場暈倒[17]。

斷指是極小部分的自殺，暈倒是極暫時中的死亡。我希望這樣的教育不普及；從此以後，不再有這樣的現象。

（五）文學家有什麼用？

因為滬案發生以後，沒有一個文學家出來「狂喊」，就有人發了疑問了，曰：「文學家究竟有什麼用處？」[18]

今敢敬謹答曰：文學家除了謅幾句所謂詩文之外，實在毫無用處。

中國現下的所謂文學家又作別論；即使是真的文學大家，然而卻不是「詩文大全」，每一個題目一定有一篇文章，每一回案件一定有一通狂喊。他會在萬籟無聲時大呼，也會在金鼓喧闐中沉默。Leonardo da Vinci[19]非常敏感，但為要研究人的臨死時的恐怖苦悶的表情，卻去看殺頭。中國的文學家固然並未狂喊，卻還不至於如此冷靜。況且有一首《血花繽紛》，不是早經發表了麼？雖然還沒有得到是否「狂喊」的定評。

文學家也許應該狂喊了。查老例，做事的總不如做文的有名。所以，即使上海和漢口的犧牲者[20]的姓名早已忘得乾乾淨淨，詩文卻往往更久地存在，或者還要感動別人，啟發後人。

這倒是文學家的用處。血的犧牲者倘要講用處，或者還不如做文學家。

（六）「到民間去」

但是，好許多青年要回去了。

從近時的言論上看來，舊家庭彷彿是一個可怕的吞噬青年的新生命的妖怪，不過在事實上，卻似乎還不失為到底可愛的東西，比無論什麼都富於攝引力。兒時的釣遊之地，當然很使人懷念的，何況在和大都會隔絕的城鄉中，更可以暫息大半年來努力向上的疲勞呢。

更何況這也可以算是「到民間去」[21]。

但從此也可以知道：我們的「民間」怎樣；青年單獨到民間時，自己的力量和心情，較之在北京一同大叫這一個標語時又怎樣？

將這經歷牢牢記住，倘將來從民間來，在北京再遇到一同大叫這一個標語的時候，回憶起來，就知道自己是在說真還是撒謊。

那麼，就許有若干人要沉默，沉默而苦痛，然而新的生命就會在這苦痛的沉默裡萌芽。

（七）魂靈的斷頭臺

近年以來，每個夏季，大抵是有槍階級的打架季節[22]，也是青年們的魂靈的斷頭臺。

到暑假，畢業的都走散了，升學的還未進來，其餘的也大半回到家鄉去。各樣同盟於是暫別，喊聲於是低微，運動於是銷沉，刊物於是中輟。好像炎熱的巨刃從天而降，將神經中樞突然斬斷，使這首都忽而成為屍骸。但獨有狐鬼卻仍在死屍上往來，從從容容地豎起它佔領一切的大纛。

待到秋高氣爽時節，青年們又聚集了，但不少是已經新陳代謝。他們在未曾領略過的首善之區[23]的使人健忘的空氣中，又開始了新的生活，正如畢業的人們在去年秋天曾經開始過的新的生活一般。

於是一切古董和廢物，就都使人覺得永遠新鮮；自然也就覺不出周圍是進步還是退步，自然也就分不出遇見的是鬼還是人。不幸而又有事變起來，也只得還在這樣的世上，這樣的人間，仍舊「同胞同胞」的叫喊。

(八) 還是一無所有

中國的精神文明，早被槍炮打敗了，經過了許多經驗，已經要證明所有的還是一無所有。諱言這「一無所有」，自然可以聊以自慰；倘更鋪排得好聽一點，還可以寒天烘火爐一樣，使人舒服得要打盹兒。但那報應是永遠無藥可醫，一切犧牲全都白費，因為在大家打著盹兒的時候，狐鬼反將犧牲吃盡，更加肥胖了。

大概，人必須從此有記性，觀四向而聽八方，將先前一切自欺欺人的希望之談全都掃除，將無論是誰的自欺欺人的假面全都撕掉，將無論是誰的自欺欺人的手段全都排斥，總而言之，就是將華夏傳統的所有小巧的玩藝兒全都放掉，倒去屈尊學學槍擊我們的洋鬼子，這才可望有新的希望的萌芽。

六月十八

【注釋】

1 本篇最初分兩次發表於一九二五年六月十六日《民眾文藝週刊》第二十四號及同月二十三日《民眾週刊》（《民眾文藝週刊》改名）第二十五號。

2 一九二五年五月十四日，上海日商內外棉紗廠工人，為抗議資方無理開除工人，舉行罷工。次日，日本資本家槍殺工人顧正紅，激起上海各界人民的公憤。三十日，上海學生二千餘人，在租界進行宣傳，聲援工人，號召收回租界，被英帝國主義逮捕一百餘人。隨後群眾萬餘人集中在英租界南京路捕房前，要求釋放被捕者，高呼「打倒帝國主義」等口號，英國巡捕開槍射擊，當即傷亡數十人。

3 指《京報》主筆邵振青（邵飄萍）關於五卅慘案的文章。他在一九二五年六月五日《京報》「評壇」欄發表的《我國人一致憤慨的情形之下，願英日兩國政府勿自蹈瓜分中國之嫌》一文中說：英、日帝國主義「用種種宣傳政策，謂中國國民已與俄國同其赤化，英日若不合力以壓迫中國，行見中國赤化而後，美國亦大受其影響……然中國之並未赤化，所謂赤化說乃純屬英日兩國之虛偽政策……今次上海之慘劇，乃世界偽文明之宣告破產，非中國之一單純的外交問題。」他又在同日該報發表的《外國紳士暴徒》一文中說：「『暴動學生』之一名詞，真乃可謂滑稽極矣，請問外國紳士，學生是否有手槍？是否有機關槍？是否已因暴動殺死外國紳士多人？否否不然，多死者乃為學生，此決非學生之自殺也。」

4 指希臘民族獨立運動。一八二一年三月，希臘爆發了反對土耳其統治的起義，次年一月宣布獨立，經過幾年的艱苦鬥爭，於一八二九年取得勝利。

5 一九二五年六月六日，國際工人後援會從柏林發來為五卅慘案致中國國民的宣言，其中說：「國際工人後援會共有五百萬會員，都是白種用手和用腦的工人，現在我們代表全體會員，對於白種和黃種資本帝國主義的強盜這次殘殺和平的中國學生和工人的事情，同你們一致抗爭。我們……對於掠奪中國人民並且亦就是掠奪我們的那班東西毫無關係。他們在國外想欺淩你們這個民族，在國內亦想壓迫我們這個階級。只有我們合起來同他們對敵，才可以保全我們。……你們的敵人就是我們的敵人，你們的戰爭就是我們的戰爭，你們將來的勝利就是我們的勝利。」文末署名的有英國的蕭伯納和法國的巴比塞，他們都是該會中央委員會委員。

6 通譯蕭伯納（一八五六—一九五〇），英國劇作家、批評家。早期參加改良主義的政治組織「費邊社」，第一次世界大戰爆發後曾譴責帝國主義戰爭，十月革命後同情社會主義。著有劇本《華倫夫人的職業》《巴巴拉少校》《真相畢露》等。

7 通譯巴比塞（一八七三—一九三五），法國作家。第一次世界大戰後，他致力於反對帝國主義的鬥爭，站在國際主義立場，熱情擁護蘇聯；一九二三年加入法國共產黨。著有長篇小說《火線》《光明》及《史達林傳》等。

8 指上海工商學聯合會提出的對外談判條件。一九二五年五卅慘案後，上海工商學聯合會於六月八日發表宣言，提出談判的先決條件四條及正式條件十三條，其中包括工人有組織工會及罷工的自由、取消領事裁判權、撤退駐滬英日海陸軍等條款。這些要求在一定程度上反映了中國人民的反帝願望，但還不能達到廢除一切不平等條約，推翻帝國主義在中國的一切特權的主要目的。後來負責這次對外交涉的買辦資產階級代表虞洽卿（總商會會長）等，又刪改了其中一些重要條款，成為委曲求全的十三條。

9 日本帝國主義者在北京創辦的中文報紙。創辦人為中島美雄，最初稱《燕京時報》，一九〇一年十月創刊，一九三〇年三月停刊。

10 指《順天時報》的《愛國的兩說與愛國的兩派》的社論。一九二三年一月，北京大學學生因旅順、大連租借期將滿，向當時的國會請願，要求收回旅大。北洋政府在廣大群眾的壓力下，被迫於三月十日向日本帝國主義提出收回旅順、大連和廢除「二十一條」的要求，十四日遭到拒絕後，即爆發了規模幾及全國各大城市的反日愛國運動。

四月四日《順天時報》發表上述社論。其中說：

「凡一國中興之際。照例發生充實民力論及伸張國權論兩派。試就中國之現狀而論。亦明明有此二說可觀。……國權論者常多為感情所支配。……民力論者多具理智之頭腦。……故國權論者。可以投好廣漠之愛國心。民力論者。必為多數人所不悅。於是高倡國權論容易。主張民力論甚難。」

11 語見《左傳》莊公十年，春秋時魯國曹劌的話：「夫戰，勇氣也：一鼓作氣，再而衰，三而竭。」

12 語出《詩經．小雅．鶴鳴》：「他山之石，可以攻玉。」

13 一九二五年四月三日《京報》載有北京非基督教大同盟的宣言，說明它的宗旨是「反對基督教及其在華之一切侵略活動」。該同盟又於四月十五日創刊《科學與宗教》半月刊（《京報》臨時增刊），當時很有影響，引起了普遍的反基督教的呼聲。

14 這裡說的教士的公證，指五卅慘案發生後，一些在中國的外國教士曾發表宣言，對中國學生的愛國鬥爭在表面上表示同情，實際上是為了和緩當時的緊張局勢。

15 北京大學某些教授為五卅慘案於一九二五年六月十三日致電羅馬教皇，希望他「竭力發揚作為基督教的基礎的友愛精神」，幻想得到羅馬教皇的「同情和支持」。

16 指當時的抵制英國貨和日本貨。

17 一九二五年六月十日，北京民眾為五卅慘案在天安門開大會，據當時報載：參加者因過於激憤，曾有人演說時以利刃斷指書寫血字，又有人當場暈倒。

18 《婦女週刊》（《京報》的副刊之一）第二十七號（一九二五年六月十七日）載有署名畹蘭的《文學家究竟有什麼用處》一文，其中說：「我真奇怪，自滬案發生後，在這樣一個重大的刺激之下，為什麼總不見有一個文學家出來狂喊？……於是我的問題出來了：『文學家究竟有什麼用處？』」

按：畹蘭即當時北京大學學生歐陽蘭。他曾在《猛進》週刊第十五期（一九二五年六月十二日）發表過《血花繽紛》一詩（副題為「悲悼滬案犧牲者」）。

19 李奧納多．達．芬奇（一四五二－一五一九），文藝復興時期的義大利畫家、雕刻家和科學家。

20 五卅慘案發生後，漢口群眾計畫於六月十三日召開大會，抗議英、日等帝國主義者屠殺中國工人和學生。當時湖北督軍蕭耀南卻於前兩日（十一日）解散學生會，並槍殺學生四人；工人群眾也在這天晚間遭英國海軍陸戰隊射擊，死傷多人。

21 原是十九世紀六十至七十年代俄國民粹派的口號，它號召青年到農村去，發動農民反對沙皇政府。「五四」以後，特別是在五卅運動高潮中，這個口號在我國知識分子中間也相當流行。

22 北洋軍閥統治時期各地軍閥的內戰，如一九二〇年的直皖戰爭，一九二一年的湘鄂戰爭，一九二二年的奉直戰爭，一九二四年的江浙戰爭，都發生在夏季。

23 指首都。《漢書．儒林傳》載：「故教化之行也，建首善，自京師始。」這裡指當時北洋軍閥統治下的首都北京。作者用此成語，含有諷刺的意味。

補白[1]

一

「公理戰勝」的牌坊[2]，立在法國巴黎的公園裡不知怎樣，立在中國北京的中央公園裡可實在有些希奇，——但這是現在的話。當時，市民和學生也曾遊行歡呼過。

我們那時的所以入戰勝之林者，因為曾經送去過很多的工人；大家也常常自誇工人在歐戰的勞績。現在不大有人提起了，戰勝也忘卻了，而且實際上是戰敗了[3]。

現在的強弱之分固然在有無槍炮，但尤其是在拿槍炮的人。假使這國民是卑怯的，即縱有槍炮，也只能殺戮無槍炮者，倘敵手也有，勝敗便在不可知之數了。這時候才見真強弱。

我們弓箭是能自己製造的，然而敗於金，敗於元，敗於清。記得宋人的一部雜記裡記有市井間的諧謔，將金人和宋人的事物來比較。譬如問金人有箭，宋有什麼？則答道，「有鎖子甲」。又問金有四太子，宋有何人？則答道，「有岳少保」。臨末問，金人有狼牙棒（打人腦袋的武器），宋有什麼？卻答道，「有天靈蓋」！[4]

自宋以來，我們終於只有天靈蓋而已，現在又發現了一種「民氣」，更加玄虛飄渺了。

但不以實力為根本的民氣，結果也只能以固有而不假外求的天靈蓋自豪，也就是以自暴自棄當作得勝。我近來也頗覺「心上有杞天之慮[5]」，怕中國更要復古了。瓜皮帽，長衫，雙梁鞋，打拱作揖，大紅名片，水煙筒，或者都要成為愛國的標徵，因為這些都可以不費力氣而拿出來，和天靈蓋不相上下的。（但大紅名片也許不用，以避「赤化」之嫌。）

然而我並不說中國人頑固，因為我相信，鴉片和撲克是不會在排斥之列的。況且愛國之士不是已經說過，馬將牌已在西洋盛行，給我們復了仇麼？

愛國之士又說，中國人是愛和平的。但我殊不解既愛和平，何以國內連年打仗？或者這話應該修正：中國人對外國人是愛和平的。

我們仔細查察自己，不再說誑的時候應該到來了，一到不再自欺欺人的時候，也就是到了看見希望的萌芽的時候。

我不以為自承無力，是比自誇愛和平更其恥辱。

六月二十三日

二

先前以「士人」「上等人」自居的，現在大可以改稱「平民」了罷；在實際上，也確有許多人已經如此。彼一時，此一時，清朝該去考秀才，捐監生[6]，現在就只得進學校。「平民」這一個徽號現已日見其時式，地位也高起來了，以此自居，大概總可以從別人得到和先前對於「上等人」一樣的尊敬，時勢雖然變遷，老地位是不會失掉的。倘遇見這樣的平民，必須恭維他，至少也得點頭拱手陪笑唯諾，像先前下等人的對於貴人一般。否則，你就會得到罪名，曰：「驕傲」，或「貴族的」。因為他已經是平民了。見平民而不格外趨奉，非驕傲而何？

清的末年，社會上大抵惡革命黨如蛇蠍，南京政府[7]一成立，漂亮的士紳和商人看見似乎革命黨的人，便親密的說道：「我們本來都是『草字頭』[8]，一路的呵。」

徐錫麟[9]刺殺恩銘之後，大捕黨人，陶成章[10]君是其中之一，罪狀曰：「著《中國權力史》，學日本催眠術。」（何以學催眠術就有罪，殊覺費解。）於是連他在家的父親也大受痛苦；待到革命興旺，這才被尊稱為「老太爺」；有人給「孫少爺」去說媒。可惜陶君不久就遭人暗殺了，神主入祠的時候，捧香恭送的士紳和商人尚有五六百。直到袁世凱打倒二次革命[11]之後，這才冷落起來。

誰說中國人不善於改變呢？每一新的事物進來，起初雖然排斥，但看到有些可靠，就自然會改變。不過並非將自己變得合於新事物，乃是將新事物變得合於自己而已。

佛教初來時便大被排斥，一到理學先生談禪，和尚做詩的時候，「三教同源」[12]的機運就成熟了。聽說現在悟善社[13]裡的神主已經有了五塊，孔子，老子，釋迦牟尼，耶穌基督，謨哈默德[14]。

中國老例，凡要排斥異己的時候，常給對手起一個諢名，——或謂之「綽號」。這也是明清以來訟師的老手段；假如要控告張三李四，倘只說姓名，本很平常，現在卻道「六臂太歲張三」，「白額虎李四」，則先不問事蹟，縣官只見綽號，就覺得他們是惡棍了。

月球只一面對著太陽，那一面我們永遠不得見。歌頌中國文明的也惟以光明的示人，隱匿了黑的一面。譬如說到家族親舊，書上就有許多好看的形容詞：慈呀，愛呀，悌呀，……又有許多好看的古典：五世同堂呀，禮門呀，義宗[15]呀，……至於諢名，卻藏在活人的心中，隱僻的書上。最簡單的打官司教科書《蕭曹遺筆》[16]裡就有著不少慣用的惡謚，現在鈔一點在這裡，省得自己做文章——

親戚類：

孽親　梟親　獸親　鱷親　虎親　歪親

尊長類：

鱷伯　虎伯（叔同）　孽兄　毒兄　虎兄

卑幼類：

悖男　惡侄　孽侄　悖孫　虎孫　梟甥

孽甥　悖妾　潑媳　梟弟　惡婿　凶奴

其中沒有父母，那是例不能控告的，因為歷朝大抵「以孝治天下」。[17]

這一種手段也不獨訟師有。民國元年章太炎[18]先生在北京，好發議論，而且毫無顧忌地褒貶。常常被貶的一群人於是給他起了一個綽號，曰「章瘋子」。其人既是瘋子，議論當然是瘋話，沒有價值的了，但每有言論，也仍在他們的報章上登出來，不過題目特別，道：《章瘋子大發其瘋》。有一回，他可是罵到他們的反對黨頭上去了。那怎麼辦呢？第二天報上登出來的時候，那題目是：《章瘋子居然不瘋》。

往日看《鬼谷子》[19]，覺得其中的謀略也沒有什麼出奇，獨有《飛箝》中的「可箝而從，可箝而橫，……可引而反，可引而覆。雖覆能復，不失其度」這一段裡的一句「雖覆能復」很有些可怕。但這一種手段，我們在社會上是時常遇見的。

《鬼谷子》自然是偽書，決非蘇秦，張儀[20]的老師所作；但作者也絕不是「小人」，倒是一個老實人。宋的來鵠[21]已經說，「捭闔飛箝，今之常態，不讀鬼谷子書者，皆得自然符契也。」人們常用，不以為奇，作者知道了一點，便筆之於書，當作秘訣，可見禀性純厚，不但手段，便是心裡的機詐也並不多。如果是大富翁，他肯將十元鈔票嵌在鏡屏裡當寶貝麼？

鬼谷子所以究竟不是陰謀家，否則，他還該說得吞吞吐吐些；或者自己不說，而鉤出別人來說；或者並不必鉤出別人來說，而自己永遠闊不可言。這末後的妙法，知者不言，書上也未見，所以我不知道，倘若知道，就不至於老在燈下編《莽原》，做《補白》了。

但各種小縱橫，我們總常要身受，或者目睹。夏天的忽而甲乙相打；忽而甲乙相親，同去打丙；忽而甲丙相合，又同去打乙，忽而甲丙又互打起來[22]，就都是這「覆」「復」作用；化數百元錢，請一回酒，許多人立刻變了色彩，也還是這玩意兒。然而真如來鵠所說，現在的人們是已經「是乃天授，非人力也」[23]的；倘使要看了《鬼谷子》才能，就如拿著文法書去和外國人談天一樣，一定要碰壁。

七月一日[24]

三

離五卅事件的發生已有四十天，北京的情形就像五月二十九日一樣。聰明的批評家大概快要提出照例的「五分鐘熱度」[25]說來了罷，雖然也有過例外：曾將湯爾和[26]先生的大門「打得擂鼓一般，足有十五分鐘之久」。（見六月二十三日《晨報》）有些學生們也常常引這「五分熱」說自誡，彷彿早經覺到了似的。

但是，中國的老先生們——連二十歲上下的老先生們都算在內——不知怎的總有一種矛盾的意見，就是將女人孩子看得太低，同時又看得太高。婦孺是上不了場面的；然而一面又拜才女，捧神童，甚至於還想借此結識一個闊親家，使自己也連類飛黃騰達。什麼木蘭從軍，緹縈救父[27]，更其津津樂道，以顯示自己倒是一個死不掙氣的瘟蟲。對於學生也是一樣，既要他們「莫談國事」，又要他們獨退番兵，退不了，就冷笑他們無用。

倘在教育普及的國度裡，國民十之九是學生；但在中國，自然還是一個特別種類。雖是特別種類，卻究竟是「束髮小生」[28]，所以當然不會有三頭六臂的大神力。他們所能做的，也無非是演講，遊行，宣傳之類，正如火花一樣，在民眾的心頭點火，引起他們的光焰來，使國勢有一點轉機。

倘若民眾並沒有可燃性，則火花只能將自身燒完，正如在馬路上焚紙人轎馬，暫時引得幾個人閒看，而終於毫不相干，那熱鬧至多也不過如「打鬥」之久。誰也不動，難道「小生」們真能自己來打槍鑄炮，造兵艦，糊飛機，活擒番將，平定番邦麼？所以這「五分熱」是地方病，不是學生病。這已不是學生的恥辱，而是全國民的恥辱了；倘在別的有活力，有生氣的國度裡，現象該不至於如此的。外人不足責，而本國的別的灰冷的民眾，有權者，袖手旁觀者，也都於事後來嘲笑，實在是無恥而且昏庸！

但是，別有所圖的聰明人又作別論，便是真誠的學生們，我以為自身卻有一個頗大的錯誤，就是正如旁觀者所希望或冷笑的一樣：開首太自以為有非常的神力，有如意的成功。幻想飛得太高，墮在現實上的時候，傷就格外沉重了；力氣用得太驟，歇下來的時候，身體就難於動彈了。為一般計，或者不如知道自己所有的不過是「人力」，倒較為切實可靠罷。

現在，從讀書以至「尋異性朋友講情話」，似乎都為有些有志者所詬病了。但我想，責人太嚴，也正是「五分熱」的一個病源。譬如自己要擇定一種口號

——例如不買英日貨——來履行，與其不飲不食的履行七日或痛哭流涕的履行一月，倒不如也看書也履行至五年，或者也看戲也履行至十年，或者也尋異性朋友也履行至五十年，或者也講情話也履行至一百年。記得韓非子曾經教人以競馬的要妙，其一是「不恥最後」[29]。即使慢，馳而不息，縱令落後，縱令失敗，但一定可以達到他所向的目標。

七月八日

【注釋】

1 本篇最初分三次發表於一九二五年六月二十六日出版的《莽原》週刊第十期、七月三日出版的十一期及同月十日出版的第十二期。

2 一九一八年第一次世界大戰結束之後，以英、法為首的協約國宣揚他們打敗了德、奧等同盟國是「公理戰勝強權」；那時戰勝國都立碑紀念，中國北洋政府因曾參加協約國一方，所以也在北京中央公園（即今中山公園）建立了「公理戰勝」的牌坊（一九五三年已將「公理戰勝」四字改為「保衛和平」）。

3 第一次世界大戰後，一九一九年一月至六月，英、法、美等帝國主義操縱巴黎和會，無視中國的主權和「戰勝國」地位，非法決定讓日本帝國主義繼承戰前德國在山東的特權；同年五四運動爆發，迫使當時中國代表團拒絕在和約上簽字。「實際上是戰敗了」，是就巴黎和會侵犯我國主權這一情況而說的。

4 關於「天靈蓋」的諧謔，見宋代張知甫的《可書》：「金人自侵中國，惟以敲棒擊人腦而斃。紹興間有伶人作雜戲云：『若要勝其金人，須是我中國一件件相敵乃可。且如金國有粘罕，我國有韓少保；金國有柳葉槍，我國有鳳凰弓；金國有鑿子箭，我國有鎖子甲；金國有敲棒，我國有天靈蓋。』人皆笑之。」粘罕，即完顏宗翰，金軍統帥。韓少保，即韓世忠，南宋抗金名將。魯迅文中說的「四太子」是金太祖的第四子完顏宗弼，本名兀術；岳少保即岳飛。

5 楊蔭榆《對於暴烈學生之感言》中的話（參看本書《「碰壁」之後》及其注10）。這是掉弄成語「杞人憂天」而成的不通的文言句子。原來的故事見《列子·天瑞》：「杞國有人憂天地崩墜，身亡所寄，廢寢食者。」

6 明、清科舉制度，童生經過縣考初試，府考複試，再參加學政主持的院考（道考），考取的就是秀才。監生，國子監生員的簡稱，國子監原是封建時代中央最高學府，清代乾隆以後可以援例捐資取得監生名義，不一定在監讀書。

7 指一九一二年一月一日在南京成立的中華民國臨時政府。

8 一種隱語；因「革」字與「草」字的起頭相似，所以當時一般人稱革命黨為「草字頭」。這裡所說的「革命黨」係指興中會、光復會、同盟會及其他一些反清革命組織。

9 徐錫麟（一八七三—一九〇七），字伯蓀，浙江紹興人，清末革命團體光復會的重要成員。一九〇七年，與秋瑾準備在浙皖兩省同時起義，七月六日，他以安徽巡警處會辦兼巡警學堂監督身份為掩護，乘學堂舉行畢業典禮之機，刺死安徽巡撫恩銘，率領學生攻佔軍械局，彈盡被捕，當日慘遭殺害。

10 陶成章（一八七八—一九一二），字煥卿，別署會稽山人，浙江紹興人，清末革命家，光復會領袖之一。一九一二年一月，被投機分子陳英士派蔣介石暗殺於上海廣慈醫院。著有《中國民族權力消長史》、《浙案紀略》及《催眠術講義》等。

11 指一九一三年七月孫中山發動的討伐袁世凱的戰爭，結果失敗。因對一九一一年的辛亥革命而言，故稱二次革命。

12「三教」指儒、釋、道。自東漢以後，這三家時有對抗和衝突，但往往也互相滲透。到了宋代，由於程顥、程頤、朱熹等理學家吸收了佛、老的思想，形成「三教」思想的調和。這裡所説「『三教同源』的機運就成熟了」即指這種調和現象。

13 一種封建迷信的道門組織。

14 孔子（前五五一—前四七九），名丘，字仲尼，儒家創始人。老子，即老聃，姓李名耳，道家創始人。釋迦牟尼（約前五六五—前四八六），佛教創始人。耶穌基督（約前四—三十），基督教創始人。基督，即救世主。謨哈默德（約五七〇—六三二），通譯穆罕默德，伊斯蘭教創始人。

15 即五代同居。禮門、義宗，即所謂篤守禮義的門庭和宗族。在封建社會裡，這些都被認為是可稱頌的事情。

16 共四卷，清代竹林浪叟輯。一種供訟師寫狀紙用的參考書，假託是漢代蕭何、曹參的著作。

17 語見《孝經．孝治章》：「昔者明王以孝治天下也……得萬國之歡心，以事其先王。」

18 章太炎（一八六九—一九三六）：名炳麟，號太炎，浙江餘杭人，清末革命家和學者。他因為鼓吹並實際參加反對清政府的革命活動，曾被反動派譭謗為瘋癲。辛亥革命後，他也常有反對袁世凱等軍閥黑暗統治的言論，因此又曾被反動派譭謗為「章瘋子」。

19 相傳為戰國時鬼谷子所著，實為後人偽託，共三卷。《飛箝》是其中的一篇。據南朝梁陶弘景注：「『飛』，謂作聲譽以飛揚之，『箝』，謂牽持緘束，令不得脱也；言取人之道，先作聲譽以飛揚之，彼必露情竭志而無隱，然後因有所好，牽持緘束，不得轉移。」「雖覆能復」，據陶弘景注：「雖有覆敗，必能復振，不失其節度，此箝之終也。」

20 戰國時縱橫家。蘇秦曾遊說六國聯合抗拒秦國；張儀曾遊說六國歸順秦國。據《史記》的《蘇秦列傳》和《張儀列傳》說，他們兩人「俱事鬼谷子先生學術」。

21 據《全唐文》卷八百十一《來鵠》條：「鵠，豫章人，咸通（按為唐懿宗年號）舉進士不第。」這裡所引的話，見宋代晁公武《郡齋讀書志》的《鬼谷子》條：「來鵠亦曰：『鬼谷子昔教人詭紿、激訐、揣測、憸猾之術，悉備於章，學之者惟儀、秦而已。如捭闔、飛箝，實今之常態，是知漸漓之後，不讀鬼谷子書者，其行事皆得自然符契也。』」

22 指當時各地軍閥的內戰。參看本書《忽然想到》之十一及其注22。

23 這是漢代韓信稱頌劉邦的話。見《史記·淮陰侯傳》：「且陛下所謂天授，非人力也。」

24 本節發表時沒有注明寫作時間，「七月一日」是作者在結集時補上的。

25 梁啟超在一九二五年五月七日《晨報》「勿忘國恥」欄發表的《第十度的「五七」》一文中，曾說：「我不怕說一句犯眾怒的話：『國恥紀念』這個名詞，不過靠『義和團式』的愛國心而存在罷了！義和團式的愛國本質好不好另屬一問題。但他的功用之表現，當然是靠『五分鐘熱度』，這種無理性的衝動能有持續性，我絕對不敢相信。」

26 湯爾和（一八七八－一九四〇），浙江杭縣（今餘杭）人，曾任北洋政府的教育總長，抗日戰爭期間墮落為漢奸。關於五卅事件，他在《晨報》的「時論」欄發表《不善導的忠告》一文，其中充滿誣衊群眾，取媚於英、日帝國主義的胡說；這裡所引的侮辱愛國學生的話也見於該文：「前天某學校以跳舞會的名義來募捐，我家的傭工，告訴他說是捐的次數太多了，家裡沒有錢。來人說你們主人做過什麼長，還會沒錢嗎？把大門打得擂鼓一般，足有十五分鐘之久，再三央告，始怫然而去。」

27 見南北朝時的敘事詩《木蘭詩》。內容是說木蘭女扮男裝，代父從軍，出征十二年，立功還鄉。緹縈救父，見《史記·倉公傳》。緹縈是漢代淳于意（即倉公）的幼女，因父親犯罪，上書漢文帝，表示自己情願做一名官婢，代父贖罪。

28 一九二五年，章士釗因禁止學生紀念「五七」國恥而遭到反對，他在給段祺瑞的辭呈裡說：「夫束髮小生。千百成群。至以本管長官之進退。形諸條件。」束髮，古代指男子成童的年齡；章士釗說的「束髮小生」卻含有輕視的意思，近似俗語「毛頭小子」。

29 即韓非（約前二八〇—前二三三），戰國時韓國人，古代思想家和政治家。他的著作流傳至今的有《韓非子》二十卷，計五十五篇。《韓非子》中沒有「不恥最後」的話，在《淮南子・詮言訓》中有類似的記載：「馬由者不貧最先，不恐獨後；緩急調乎手，御心調乎馬，雖不能必先哉，馬力必盡矣。」馳，賽馬。

答KS君[1]

KS兄：

我很感謝你的殷勤的慰問，但對於你所憤慨的兩點和幾句結論，我卻並不謂然，現在略說我的意見——

第一，章士釗將我免職[2]，我倒並沒有你似的覺得詫異，他那對於學校的手段，我也並沒有你似的覺得詫異，因為我本就沒有預期章士釗能做出比現在更好的事情來。我們看歷史，能夠據過去以推知未來，看一個人的已往的經歷，也有一樣的效用。你先有了一種無端的迷信，將章士釗當作學者或智識階級的領袖看，於是從他的行為上感到失望，發生不平，其實是作繭自縛；他這人本來就只能這樣，有著更好的期望倒是你自己的誤謬。

使我較為感到有趣的倒是幾個向來稱為學者或教授的人們，居然也漸次吞吞吐吐地來說微溫話了，什麼「政潮」咧，「黨」咧，彷彿他們都是上帝一樣，超然象外，十分公平似的。誰知道人世上並沒有這樣一道矮牆，騎著而又兩腳踏地，左右穩妥，所以即使吞吞吐吐，也還是將自己的魂靈梟首通衢，掛出了原想竭力隱瞞的醜態。醜態，我說，倒還沒有什麼丟人，醜態而蒙著公正的皮，這才催人嘔吐。但終於使我覺得有趣的是蒙著公正的皮的醜態，又自己開出帳來發表了。彷彿世界上還有光明，所以即便費盡心機，結果仍然是一個瞞不住。

第二，你這樣注意於《甲寅週刊》[3]，也使我莫明其妙。《甲寅》第一次出版時，我想，大約章士釗還不過熟讀了幾十篇唐宋八大家[4]文，所以模仿吞剝，看去還近於清通。至於這一回，卻大大地退步了，關於內容的事且不說，即以文章論，就比先前不通得多，連成語也用不清楚，如「每下愈況」[5]之類。尤其害事的是他似乎後來又念了幾篇駢文，沒有融化，而急於撏撦[6]，所以弄得文字龐雜，有如泥漿混著沙礫一樣。即如他那《停辦北京女子師範大學呈文》[7]中有云，「釗念兒女乃家家所有良用痛心為政而人人悅之亦無是理」，旁加密圈，想是得意之筆了。

但比起何栻《齊姜醉遣晉公子賦》[8]的「公子固翩翩絕世未免有情少年而碌碌因人安能成事」來，就顯得字句和聲調都怎樣陋弱可哂。何栻比他高明得多，尚且不能入作者之林，章士釗的文章更於何處討生活呢？況且，前載公文，接著就是通信，精神雖然是自己廣告性的半官報，形式卻成了公報尺牘合璧了，我中國自有文字以來，實在沒有過這樣滑稽體式的著作。

這種東西，用處只有一種，就是可以借此看看社會的暗角落裡，有著怎樣灰色的人們，以為現在是攀附顯現的時候了，也都吞吞吐吐的來開口。至於別的用處，我委實至今還想不出來。倘說這是復古運動的代表，那可是只見得復古派的可憐，不過以此當作訃聞，公布文言文的氣絕罷了。

所以，即使真如你所說，將有文言白話之爭，我以為也該是爭的終結，而非爭的開頭，因為《甲寅》不足稱為敵手，也無所謂戰鬥。倘要開頭，他們還得有一個更通古學，更長古文的人，才能勝對壘之任，單是現在似的每週印一回公牘和游談的堆積，紙張雖白，圈點雖多，是毫無用處的。

魯迅　八月二十日

【注釋】

1 本篇最初發表於一九二五年八月二十八日《莽原》週刊第十九期。

2 章士釗（一八八一－一九七三）：字行嚴，筆名孤桐，湖南長沙人。辛亥革命前曾參加反清活動，五四運動後，他是一個復古主義者。一九二四年至一九二六年間，他參加北洋軍閥段祺瑞政治集團，曾任段祺瑞執政府司法總長兼教育總長，參與鎮壓學生愛國運動和人民群眾的愛國鬥爭；同時創辦《甲寅》週刊，提倡尊孔讀經，反對新文化運動。一九二五年女師大風潮發生後，由於魯迅反對章士釗壓迫學生的行動和解散女師大的措施，章便於八月十二日呈請段祺瑞罷免魯迅的教育部僉事職務，次日公布。八月二十二日魯迅在平政院控訴章士釗，結果勝訴，一九二六年一月十七日復職。後來章士釗在政治、思想上有所變化，轉而同情革命。

3 章士釗主編的雜誌。章士釗曾於一九一四年五月在日本東京發行《甲寅》月刊，兩年後出至第十期停刊。《甲寅》週刊是他任教育總長之後，一九二五年七月在北京出版的，至一九二七年二月停刊，共出四十五期。其內容雜載公文、通訊，正如魯迅所說，是「自己廣告性的半官報」。他辦這個刊物的主旨，一方面為了提倡古文，宣揚封建思想，一方面則為了壓制學生和他的反對者，以鞏固自己的地位。刊物中除一般地宣傳復古外，還有不少誣衊青年學生、為當時的所謂執政（段祺瑞）捧場和吹噓他自己的文章。

4 指唐代的韓愈、柳宗元和宋代的歐陽修、蘇洵、蘇軾、蘇轍、王安石、曾鞏八個散文名家。明代茅坤曾選輯他們的作品為《唐宋八大家文鈔》，因有此稱。

5 語見《莊子．知北遊》。章太炎《新方言．釋詞》：「愈況，猶愈甚也。」章士釗在《甲寅》週刊第一卷第三號（一九二五年八月一日）的《孤桐雜記》中，將這個成語錯用成「每況愈下」：「嘗論明清相嬗。士氣驟衰。……民國承清，每況愈下。」

6 意思是摘取和撕扯。一般指剽竊別人的詞句。撦，扯的異體字。

7 這篇呈文曾刊載《甲寅》週刊第一卷第四號（一九二五年八月八日），其中有一部分字句，旁加密圈。

8 何栻（一八一六—一八七二），字廉昉，號悔庵，江蘇江陰人。清道光時進士，曾任吉安府知府。著有《悔餘庵詩稿》、《悔餘庵文稿》等。《齊姜醉遣晉公子賦》見《悔餘庵文稿》卷二。

「碰壁」之餘[1]

女師大事件在北京似乎竟頗算一個問題，號稱「大報」如所謂《現代評論》者，居然也「評論」了好幾次。據我所記得的，是先有「一個女讀者」[2]的一封信，無名小猝，不在話下。此後是兩個作者的「評論」了：陳西瀅先生在《閒話》之間評為「臭毛廁」，李仲揆先生的《在女師大觀劇的經驗》裡則比作戲場[3]。我很吃驚於同是人，而眼光竟有這麼不同；但究竟同是人，所以意見也不無符合之點：都不將學校看作學校。這一點，也可以包括楊蔭榆女士的「學校猶家庭」和段祺瑞執政的「先父兄之教」。[4]

陳西瀅先生是「久已夫非一日矣」[5]的《閒話》作家，那大名我在報紙的廣告上早經看熟了，然而大概還是一位高人，所以遇有不合自意的，便一氣呵成屎橛，而世界上蛆蟲也委實太多。至於李仲揆先生其人也者，我在《女師風潮紀事》[6]上才識大名，是八月一日擁楊蔭榆女士攻入學校的三勇士之一；到現在，卻又知道他還是一位達人了，庸人以為學潮的，到他眼睛裡就等於「觀劇」：這是何等逍遙自在。

據文章上說，這位李仲揆先生是和楊女士「不過見面兩次」，但卻被用電話邀去看「名振一時的文明新戲」去了，幸而李先生自有腳踏車，否則，還要用汽車來迎接哩。我真自恨福薄，一直活到現在，壽命已不可謂不長，而從沒有遇見過一個不大認識的女士來邀「觀劇」；對於女師大的事說了幾句話，尚且因為不過是教一兩點功課的講師，「碰壁之後」，還很恭聽了些高仁山先生在《晨報》上所發表的偉論[7]。真的，世界上實在又有各式各樣的運氣，各式各樣的嘴，各式各樣的眼睛。

接著又是西瀅先生的《閒話》[8]：「現在一部分報紙的篇幅，幾乎全讓女師風潮占去了。現在大部分愛國運動的青年的時間，也幾乎全讓女師風潮占去了。……女師風潮實在是了不得的大事情，實在有了不得的大意義。」臨末還有頗為俏皮的結論道：「外國人說，中國人是重男輕女的。我看不見得吧。」

我看也未必一定「見得」。正如人們有各式各樣的眼睛一樣，也有各式各樣的心思，手段。便是外國人的尊重一切女性的事，倘使好講冷話的人說起來，也許以為意在於一個女性。然而侮蔑若干女性的事，有時也就可以說意在於一個女性。偏執的弗羅特[9]先生宣傳了「精神分析」之後，許多正人君子的外套都被撕碎了。但撕下了正人君子的外套的也不一定就是「小人」，只要並非自以為還鑽在外套裡的不顯本相的腳色。

我看也未必一定「見得」。中國人是「聖之時者也」[10]教徒，況且活在二十世紀了，有華道理，有洋道理，輕重當然是都隨意而無不合於道的：重男輕女也行，重女輕男也行，為了一個女性而重一切女性或輕若干女性也行，為了一個男人而輕若干女性或男性也行……。所可惜的是自從西瀅先生看出底細之後，除了啞吧或半陰陽，就都墜入弗羅特先生所掘的陷坑裡去了。

自己墜下去的是自作自受，可恨者乃是還要帶累超然似的局外人，例如女師大——對不起，又是女師大——風潮，從有些眼睛看來，原是不值得提起的，但因為竟占去了許多可貴的東西，如「報紙的篇幅」「青年的時間」之類，所以，連

《現代評論》的「篇幅」和西瀅先生的時間也被拖累著占去一點了，而尤其罪大惡極的是觸犯了什麼「重男輕女」重女輕男這些大秘密。倘不是西瀅先生首先想到，提出，大概是要被含糊過去了的。

我看，奧國的學者實在有些偏激，弗羅特就是其一，他的分析精神，竟一律看待，不讓誰站在超人間的上帝的地位上。還有那短命的 Otto Weininger[11]，他的痛罵女人，不但不管她是校長，學生，同鄉，親戚，愛人，自己的太太，太太的同鄉，簡直連自己的媽都罵在內。這實在和弗羅特說一樣，都使人難於利用。不知道咱們的教授或學者們，可有方法補救沒有？

但是，我要先報告一個好消息：Weininger 早用手槍自殺了。這已經有劉百昭率領打手痛打女師大——對不起，又是女師大——的「毛丫頭」[12]一般「痛快」，他的話也就大可置之不理了罷。

還有一個好消息。「毛丫頭」打出之後，張崧年先生引「羅素之所信」[13]道，「因世人之愚，許多問題或終於不免只有武力可以解決也！」（《京副》二五〇號）又據楊蔭榆女士，章士釗總長者流之所說，則搗亂的「毛丫頭」是極少數，可見中國的聰明人還多著哩，這是大可以樂觀的。

忽而想談談我自己的事了。

我今年已經有兩次被封為「學者」，而發表之後，也就即刻取消。第一次是我主張中國的青年應當多看外國書，少看，或者竟不看中國書的時候，便有論客以為素稱學者的魯迅不該如此，而現在竟至如此，則不但決非學者，而且還有洋奴的嫌疑。第二次就是這回僉事免職之後，我在《莽原》上發表了答KS君信，論及章士釗的腳色和文章的時候，又有論客以為因失了「區區僉事」而反對章士釗，確是氣量狹小，沒有「學者的態度」；而且，豈但沒有「學者的態度」而已哉，還有「人格卑污」的嫌疑云。

其實，沒有「學者的態度」，那就不是學者嘍，而有些人偏要硬派我做學者。至於何時封贈，何時考定，卻連我自己也一點不知道。待到他們在報上說出我是學者，我自己也借此知道了原來我是學者的時候，則已經同時發表了我的罪狀，接著就將這體面名稱革掉了，雖然總該還要恢復，以便第三次的藉口。

據我想來，僉事——文士詩人往往誤作簽事，今據官書正定——這一個官兒倒也並不算怎樣「區區」，只要看我免職之後，就頗有些人在那裡鑽謀補缺，便是一個老大的證據。至於又有些人以為無足重輕者，大約自己現在還不過做幾句

「說不出」的詩文[14]，所以不知不覺地就來「慷他人之慨」了罷，因為人的將來是想不到的。然而，慚愧我還不是「臣罪當誅兮天王聖明」[15]式的理想奴才，所以竟不能「盡如人意」，已經在平政院[16]對章士釗提起訴訟了。

提起訴訟之後，我只在答ＫＳ君信裡論及一回章士釗，但聽說已經要「人格卑污」了。然而別一論客卻道是並不大罵，所以魯迅究竟不足取。我所經驗的事委實有點稀奇，每有「碰壁」一類的事故，平時回護我的大抵願我設法應付，甚至於暫圖苟全。平時憎惡我的卻總希望我做一個完人，即使敵手用了卑劣的流言和陰謀，也應該正襟危坐，毫無憤怨，默默地吃苦；或則戟指嚼舌，噴血而亡。為什麼呢？自然是專為顧全我的人格起見嘍。

夠了，我其實又何嘗「碰壁」，至多也不過遇見了「鬼打牆」罷了。

九月十五日

【注釋】

1 本篇最初發表於一九二五年九月二十一日《語絲》週刊第四十五期。

2 參看本書〈並非閒話〉一文之注5。下文的「婞」是作者自造的字，即女性的「卒」。

3 李仲揆（一八八九－一九七一），名四光，字仲揆，湖北黃岡人，地質學家。他在科學研究上有卓越貢獻，創立了地質力學。當時他任北京大學教授，在《現代評論》第二卷第三十七期（一九二五年八月二十二日）發表《在北京女師大觀劇的經驗》一文，其中說：「有一天晚上（按為一九二五年七月三十一日），已經被學生驅逐了的校長楊蔭榆先生打來一次電話，她大致說：『女師大的問題現在可以解決。明早有幾位朋友到學校參觀，務必請你也來一次。……我並預備叫一輛汽車來接你。』我當時想到，楊先生和我不過見面兩次，……又想到如若楊先生的話屬實，名振一時的文明新戲也許演到最後一幕。時乎不再來，所以我快快的應允了楊先生，並且聲明北京的汽車向來與我們騎自轉車的人是死對頭，千萬不要客氣。」

4 段祺瑞（一八六四－一九三六），字芝泉，安徽合肥人，北洋軍閥皖系首領。曾隨袁世凱創建北洋軍，歷任北洋政府陸軍總長、國務總理。一九二四年任北洋政府「臨時執政」，一九二六年屠殺北京愛國群眾，造成三一八慘案。同年四月被馮玉祥的國民軍驅逐下臺。一九二五年八月二十五日，段祺瑞發布了所謂「整頓學風」的命令，對教員學生大加恫嚇：「邇來學風不靖。屢次變端。一部分不職之教職員。與曠課滋事之學生。交相結托。破壞學紀。……倘有故釀風潮。蔑視政令。則火烈水懦之喻。孰殺誰嗣之謠。前例具存。所宜取則。本執政敢先父兄之教。不博寬大之名。依法從事。決不姑貸。」「先父兄之教」，語出漢代司馬相如的《諭巴蜀檄》：「父兄之教不先，子弟之率不謹，寡廉鮮恥，而俗不長厚也；其被刑戮，不亦宜乎！」

5 語出清代梁章巨《制義叢話》卷二十四，原作「久矣夫千百年來已非一日矣」，是梁所舉疊床架屋的八股文濫調的例句。

6 載《婦女週刊》第三十六、三十七兩期（一九二五年八月十九、二十六日），作者署名晚愚。其中說及八月一日的事：「八一晨，全校突布滿武裝軍警，各室封鎖，截斷電話線，停止伙食，斷絕交通。同學相顧失色。繼而楊氏率打手及其私黨……洶擁入校，旋即張貼解散四班學生之布告。」

7 高仁山，江蘇江陰人，當時任北京大學教授。他在一九二五年五月三十一日《晨報》「時論」欄發表的《大家不管的女師大》一文中說：「最奇怪的就是女師大的專任及主任教授都那裡去了？學校鬧到這樣地步，何以大家不出來設法維持？諸位專任及主任教授，頂好同學生聯合起來，商議維持學校的辦法，不要讓教一點兩點鐘兼任教員來干涉你們諸位自己學校的事情。」

8 陳西瀅這篇《閒話》載《現代評論》第二卷第三十八期（一九二五年八月二十九日）。他先說五卅慘案、沙面慘案還沒有解決，又造謠說「蘇俄無故的逮捕了多少中國人，監禁在黑黯的牢獄裡」，也沒有人「反抗」，然後即說到「女師風潮」，講了魯迅所摘引的那些話。

9 弗羅特（S.Freud，一八五六－一九三九），通譯佛洛伊德，奧地利精神病學家，精神分析學說的創立者。這種學說認為文學、藝術、哲學、宗教等一切精神現象，都是人們因受壓抑而潛伏在下意識裡的某種「生命力」（Libido），特別是性欲的潛力所產生的。

10 孟軻讚美孔丘的話，見《孟子．萬章》。

11 華寧該爾（一八八〇－一九〇三），奧地利人，仇視女性主義者。他曾於一九〇三年出版《性與性格》一書，攻擊婦女，力圖證明婦女的地位應該低於男子。

12 劉百昭：湖南武岡人，當時任教育部專門教育司司長兼北京藝術專門學校校長。一九二五年八月六日，章士釗在國務會議上提請停辦女師大，當即通過，十日由教育部下令執行。學生聞訊後即開會決議，堅決反對，並在教員中公舉九人，學生中公舉十二人，組織校務維持會負責校務，於八月十日正式成立。八月十七日，章士釗又決定在女師大校址另立所謂「女子大學」，於十九日派劉百昭前往籌辦。劉到校後即禁止校務維持會活動，並於二十二日雇用流氓女丐毆曳學生出校，將她們禁閉在報子街補習科中。「毛丫頭」一語，見一九二五年八月二十四日《京報》吳稚暉關於女師大問題的《答大同晚報》。該文篇末說：「言止於此。我不願在這國家存亡即在呼吸的時候，經天緯地，止經緯到幾個毛丫頭身上去也。」

13 張崧年，河北獻縣人；當時教育部的編譯員。他在一九二五年八月二十六日《京報副刊》發表的關於女師大問題的通信中說：「此所以使我日益相信，如羅素之所信，因世人之愚，許多問題或終於不免只有武力可以解決也！」

羅素（B.Russell，一八七二—一九七〇），英國哲學家。一九二〇年曾來我國講學。

14 這是作者對當時某些隨意抹殺別人作品，而自己實際水準很低的文人的諷刺。參看《集外集·「說不出」》。

15 唐代韓愈《拘幽操—文王羑里作》中的句子。據《史記·周本紀》：「崇侯虎譖西伯（按即周文王）於殷紂曰『西伯積善累德，諸侯皆向之，將不利於帝。』帝紂乃囚西伯於羑里。」《拘幽操》是韓愈模擬文王的口氣寫的一首詩。

16 北洋政府的官署名稱，一九一四年置，直屬於總統，是審理及糾彈官吏違法行為的機構。

並非閒話（二）[1]

向來聽說中國人具有大國民的大度，現在看看，也未必然。但是我們要說得好，那麼，就說好清淨，有志氣罷。所以總願意自己是第一，是唯一，不愛見別的東西共存。行了幾年白話，弄古文的人們討厭了；做了一點新詩，吟古詩的人們憎惡了；做了幾首小詩，做長詩的人們生氣了；出了幾種定期刊物，連別的出定期刊物的人們也來詛咒了：太多，太壞，只好做將來被淘汰的資料。

中國有些地方還在「溺女」，就因為預料她們將來總是沒出息的。可惜下手的人們總沒有好眼力，否則並以施之男孩，可以減少許多單會消耗食糧的廢料。

但是，歌頌「淘汰」別人的人也應該先行自省，看可有怎樣不滅的東西在裡面，否則，即使不肯自殺，似乎至少也得自己打幾個嘴巴。然而人是總是自以為是的，這也許正是逃避被淘汰的一條路。相傳曾經有一個人，一向就以「萬物不得其所」為宗旨的，平生只有一個大願，就是願中國人都死完，但要留下他自己，還有一個女人和一個賣食物的。現在不知道他怎樣，久沒有聽到消息了，那默默無聞的原因，或者就因為中國人還沒有死完的緣故罷。

據說，張歆海[2]先生看見兩個美國兵打了中國的車夫和巡警，於是三四十個人，後來就有百餘人，都跟在他們後面喊「打！打！」，美國兵卻終於安然的走到東交民巷口了，還回頭「笑著嚷道：『來呀！來呀！』說也奇怪，這喊打的百餘人不到兩分鐘便居然沒有影蹤了！」

西瀅先生於是在《閒話》中斥之曰：「打！打！宣戰！宣戰！這樣的中國人，呸！」

這樣的中國人真應該受「呸！」他們為什麼不打的呢，雖然打了也許又有人來說是「拳匪」[3]。但人們那裡顧忌得許多，終於不打，「怯」是無疑的。他們所有的不是拳頭麼？

但不知道他們可曾等候美國兵走進了東交民巷之後，遠遠地吐了唾沫？《現代評論》上沒有記載，或者雖然「怯」，還不至於「卑劣」到那樣罷。

然而美國兵終於走進東交民巷口了，毫無損傷，還笑嚷著「來呀來呀」哩！你們還不怕麼？你們還敢說「打！打！宣戰！宣戰！」麼？這百餘人，就證明著中國人該被打而不作聲！

「這樣的中國人，呸！呸！！！」

更可悲觀的是現在「造謠者的卑鄙齷齪更遠過於章炳麟」，真如《閒話》所說，而且只能「匿名的在報上放一兩枝冷箭」。而且如果「你代被群眾專制所壓迫者說了幾句公平話，那麼你不是與那人有『密切的關係』，便是吃了他或她的酒飯。

在這樣的社會裡，一個報不顧利害的專論是非，自然免不了誹謗叢生，謠諑蜂起。」[4]這確是近來的實情。即如女師大風潮，西瀅先生就聽到關於我們的「流言」，而我竟不知道是怎樣的「流言」，是那幾個「卑鄙齷齪更遠過於章炳麟」者所造。

還有女生的罪狀，已見於章士釗的呈文[5]，而那些作為根據的「流言」，也不知道是那幾個「卑鄙齷齪」且至於遠不如畜類者所造。但是學生卻都被打出了，其時還有人在酒席上得意。——但這自然也是「謠諑」。

可是我倒也並不很以「流言」為奇，如果要造，就聽憑他們去造去。好在中國現在還不到「群眾專制」的時候，即使有幾十個人，只要「無權勢」者[6]叫一大群員警，雇些女流氓，一打，就打散了，正無須乎我來為「被壓迫者」說什麼「公平話」。即使說，人們也未必盡相信，因為「在這樣的社會裡」，有些「公平話」總還不免是「他或她的酒飯」填出來的。不過事過境遷，「酒飯」已經消化，吸收，只剩下似乎毫無緣故的「公平話」罷了。倘使連酒飯也失了效力，我想，中國也還要光明些。

但是，這也不足為奇的。不是上帝，那裡能夠超然世外，真下公平的批評。人自以為「公平」的時候，就已經有些醉意了。世間都以「黨同伐異」為非，可是誰也不做「黨異伐同」的事。現在，除了瘋子，倘使有誰要來接吻，人大約總不至於倒給她一個嘴巴的罷。

九月十九日

【注釋】

1 本篇最初發表於一九二五年九月二十五日《猛進》週刊第三十期。

2 張歆海，浙江海鹽人，曾任華盛頓會議中國代表團隨員，當時是清華大學英文教授。這裡所說關於他見美國兵打中國車夫和巡警的事，見《現代評論》第二卷第三十八期（一九二五年八月二十九日）陳西瀅的《閒話》。該文除轉述張歆海的話以外，還對五卅愛國運動加以辱罵和誣衊。

3 反動派對義和團的蔑稱。陳西瀅在《現代評論》第二卷第二十九期（一九二五年六月二十七日）的《閒話》裡辱罵五卅運動和愛國群眾說：「我是不贊成高唱宣戰的。……我們不妨據理力爭。」又說：「中國許多人自從庚子以來，一聽見外國人就頭痛，一看見外國人就膽戰。這與拳匪的一味橫蠻通是一樣的不得當。」

4 這裡的引文都見於陳西瀅在《現代評論》第二卷第四十期（一九二五年九月十二日）發表的《閒話》。陳西瀅為了掩飾自己散布流言，就誣衊別人造謠，並乘機向吳稚暉獻媚，說：「高風亮節如吳稚暉先生尚且有章炳麟誣衊他報密清廷，其他不如吳先生的人，污辱之來，當然更不能免。何況造謠者的卑鄙齷齪更遠過於章炳麟，因為章炳麟還敢負造謠之責，他們只能在黑暗中施些鬼蜮伎倆，頂多匿名的在報上放一兩枝冷箭。」對他自己袒護章士釗、楊蔭榆壓迫女師大師生的言論，則說成是「代被群眾專制所壓迫者說了幾句公平話」。參看本書《並非閒話》。

5 指《停辦北京女子師範大學呈文》。其中有「不受檢制。竟體忘形。嘯聚男生。蔑視長上。家族不知所出。浪士從而推波。……謹願者盡喪所守。狡黠者毫無忌憚。學紀大紊。禮教全荒。為吾國今日女學之可悲嘆者也。」等語。

6 指章士釗。一九二五年九月初，北京大學評議會在討論宣布脫離教育部議案時，有人擔心由此教育部將停撥經費，有人認為可直接向財政部領取。陳西瀅為此事在《現代評論》第二卷第四十期（一九二五年九月十二日）的《閒話》中說：「否認一個無權勢的『無恥政客』卻去巴結奉承五六個有權勢的一樣的無恥政客（按指財政部總長等），又怎樣的可羞呢？

十四年的「讀經」[1]

自從章士釗主張讀經[2]以來，論壇上又很出現了一些論議，如謂經不必尊，讀經乃是開倒車之類。我以為這都是多事的，因為民國十四年的「讀經」，也如民國前四年，四年，或將來的二十四年一樣，主張者的意思，大抵並不如反對者所想像的那麼一回事。

尊孔，崇儒，專經，復古，由來已經很久了。皇帝和大臣們，向來總要取其一端，或者「以孝治天下」，或者「以忠詔天下」，而且又「以貞節勵天下」。但是，二十四史不現在麼？其中有多少孝子，忠臣，節婦和烈女？自然，或者是多到歷史上裝不下去了；那麼，去翻專誇本地人物的府縣誌書[3]去。

我可以說，可惜男的孝子和忠臣也不多的，只有節烈的婦女的名冊卻大抵有一大卷以至幾卷。孔子之徒的經，真不知讀到那裡去了；倒是不識字的婦女們能實踐。還有，歐戰時候的參戰，我們不是常常自負的麼？但可曾用《論語》感化過德國兵，用《易經》咒翻了潛水艇呢[4]？儒者們引為勞績的，倒是那大抵目不識丁的華工[5]！

所以要中國好，或者倒不如不識字罷，一識字，就有近乎讀經的病根了。「瞰亡往拜」「出疆載質」[6]的最巧玩藝兒，經上都有，我讀熟過的。只有幾個糊塗透頂的笨牛，真會誠心誠意地來主張讀經。而且這樣的腳色，也不消和他們討論。

他們雖說什麼經，什麼古，實在不過是空嚷嚷。問他們經可是要讀到像顏回，子思，孟軻，朱熹，秦檜（他是狀元），王守仁，徐世昌，曹錕[7]；古可是要復到像清（即所謂「本朝」[8]），元，金，唐，漢，禹湯文武周公[9]，無懷氏，葛天氏[10]？他們其實都沒有定見。他們也知不清顏回以至曹錕為人怎樣，「本朝」以至葛天氏情形如何；不過像蒼蠅們失掉了垃圾堆，自不免嗡嗡地叫。況且既然是誠心誠意主張讀經的笨牛，則絕無鑽營，取巧，獻媚的手段可知，一定不會闊氣；他的主張，自然也絕不會發生什麼效力的。

至於現在的能以他的主張，引起若干議論的，則大概是闊人。闊人絕不是笨牛，否則，他早已伏處牖下，老死田間了。現在豈不是正值「人心不古」的時候麼？則其所以得闊之道，居然可知。他們的主張，其實並非那些笨牛一般的真主張，是所謂別有用意；反對者們以為他真相信讀經可以救國[11]，真是「謬以千里」[12]了！

我總相信現在的闊人都是聰明人；反過來說，就是倘使老實，必不能闊是也。至於所掛的招牌是佛學，是孔道，那倒沒有什麼關係。總而言之，是讀經已經讀過了，很悟到一點玩意兒，這種玩意兒，是孔二先生的先生老聃的大著作裡就有的[13]，此後的書本子裡還隨時可得。所以他們都比不識字的節婦，烈女，華工聰明；甚而至於比真要讀經的笨牛還聰明。何也？曰：「學而優則仕」[14]故也。倘若「學」而不「優」，則以笨牛沒世，其讀經的主張，也不為世間所知。

孔子豈不是「聖之時者也」麼，而況「之徒」呢？現在是主張「讀經」的時候了。武則天[15]做皇帝，誰敢說「男尊女卑」？多數主義[16]雖然現稱過激派，如果在列寧治下，則共產之合於葛天氏，一定可以考據出來的。但幸而現在英國和日本的力量還不弱，所以，主張親俄者，是被盧布換去了良心[17]。

我看不見讀經之徒的良心怎樣，但我覺得他們大抵是聰明人，而這聰明，就是從讀經和古文得來的。我們這曾經文明過而後來奉迎過蒙古人滿洲人大駕了的國度裡，古書實在太多，倘不是笨牛，讀一點就可以知道，怎樣敷衍，偷生，獻媚，弄權，自私，然而能夠假借大義，竊取美名。再進一步，並可以悟出中國人是健忘的，無論怎樣言行不符，名實不副，前後矛盾，撒誑造謠，蠅營狗苟，都不要緊，經過若干時候，自然被忘得乾乾淨淨；只要留下一點衛道模樣的文字，將來仍不失為「正人君子」。況且即使將來沒有「正人君子」之稱，於目下的實利又何損哉？

這一類的主張讀經者，是明知道讀經不足以救國的，也不希望人們都讀成他自己那樣的；但是，耍些把戲，將人們作笨牛看則有之，「讀經」不過是這一回耍把戲偶爾用到的工具。抗議的諸公倘若不明乎此，還要正經老實地來評道理，談利害，那我可不再客氣，也要將你們歸入誠心誠意主張讀經的笨牛類裡去了。

以這樣文不對題的話來解釋「儼乎其然」的主張，我自己也知道有不恭之嫌，然而我又自信我的話，因為我也是從「讀經」得來的。我幾乎讀過十三經。

衰老的國度大概就免不了這類現象。這正如人體一樣，年事老了，廢料愈積愈多，組織間又沉積下礦質，使組織變硬，易就於滅亡。一面，則原是養衛人體的遊走細胞（Wanderzelle）漸次變性，只顧自己，只要組織間有小洞，它便鑽，蠶食各組織，使組織耗損，易就於滅亡。俄國有名的醫學者梅契尼珂夫（Elias Metschnikov）[18]特地給他別立了一個名目：大嚼細胞（Fresserzelle）。據說，必須撲滅了這些，人體才免於老衰；要撲滅這些，則須每日服用一種酸性劑。他自己就實行著。

古國的滅亡，就因為大部分的組織被太多的古習慣教養得硬化了，不再能夠轉移，來適應新環境。若干分子又被太多的壞經驗教養得聰明了，於是變性，知道在硬化的社會裡，不妨妄行。單是妄行的是可與論議的，故意妄行的卻無須再與談理。惟一的療救，是在另開藥方：酸性劑，或者簡直是強酸劑。

不提防臨末又提到了一個俄國人，怕又有人要疑心我收到盧布了罷。我現在鄭重聲明：我沒有收過一張紙盧布。因為俄國還未赤化之前，他已經死掉了，是生了別的急病，和他那正在實驗的藥的有效與否這問題無干。

十一月十八日

【注釋】

1 本篇最初發表於一九二五年十一月二十七日《猛進》週刊第三十九期。十四年，指民國十四年，即一九二五年。

2 一九二五年十一月二日由章士釗主持的教育部部務會議議決，小學自初小四年級起開始讀經，每週一小時，至高小畢業止。

3 記載一府、一縣的歷史沿革及其政治、經濟、地理、文化、風俗、人物的書。

4 記錄孔子言行的書；《易經》，即《周易》，大約產生於殷周時代，是古代記載占卜的書。舊時一部分讀書人認為經書有驅邪卻敵的神力，所以這裡如此說。

5 指在第一次世界大戰期間被派去參加協約國對同盟國作戰的中國工人。參看本書《補白》第一節。

6 見《論語．陽貨》：「陽貨欲見孔子，孔子不見；歸孔子豚，孔子時其亡也，而禮拜之。」意思是孔丘不願見陽貨，便有意乘陽貨不在的時候去拜望他。「出疆載質」，見《孟子．滕文公》：「孔子三月無君，則皇皇如也；出疆必載質。」意思是孔丘如果三個月沒有君主任用他，他就焦急不安，一定要帶了禮物出國（去見別國的君主）。

7 顏回（前五二一—前四九〇），孔子的弟子。
子思（約前四八三—前四〇二），孔子的孫子。
孟軻（約前三七二—前二八九），戰國中期儒家主要代表。
朱熹（一一三〇—一二〇〇），宋代理學家。
王守仁（一四七二—一五二八），明代理學家。
徐世昌（一八五五—一九三九），清末的大官僚；曹錕（一八六二—一九三八），北洋直系軍閥。徐、曹都曾任北洋政府的總統。

8 辛亥革命後，一般遺老仍稱前清為「本朝」。

9 禹，夏朝的建立者。湯，商代的第一個君主。文，即周文王，商末周族領袖，周代尊稱為文王。武，即周武王，周代的第一個君主。周公，武王之弟，成王時曾由他攝政。

10 無懷氏、葛天氏都是傳說中我國上古時代的帝王。

11 這是章士釗等人的一種謬論。《甲寅》週刊第一卷第九號（一九二五年九月十二日）發表章士釗和孫師鄭關於「讀經救國」的通信，孫說：「拙著讀經救國論。與先生政見。乃多暗合」；章則讚賞說：「讀經救國論。略誦一過。取材甚為精當。比附說明。應有盡有。不圖今世。猶見斯文。」

12 語見《漢書．司馬遷傳》：「差以毫釐，謬以千里。」

13 孔丘字仲尼，即表明排行第二。據《孔子家語．本姓解》，孔丘有兄名孟皮。老聃，即老子，相傳孔丘曾向他問禮，所以後來有人說他是孔丘的先生。「大著作」，指他所著《道德經》（即《老子》），是道家的主要經典，其中有「將欲歙之，必固張之；將欲弱之，必固強之；將欲廢之，必固興之；將欲奪之，必固與之」一類的話，舊時有人認為老子崇尚陰謀權術。

14 語見《論語．子張》。

15 武則天（六二四—七〇五），名曌，並州文水（今山西文水）人，唐高宗（李治）的皇后。高宗死後，她自立為皇帝，改國號周；退位後稱「則天大聖皇帝」。

16 指布爾什維克主義。布爾什維克，俄語большевик的音譯，意即多數派。

17 當時的報刊上常刊有反蘇反共的文章，如一九二五年十月八日《晨報副刊》刊登的《蘇俄究竟是不是我們的朋友？》一文竟說：「帝國主義的國家僅僅吸取我們的資財，桎梏我們的手足，蘇俄竟然收買我們的良心，腐蝕我們的靈魂。」

18 梅契尼珂夫（Илья Ильич Мечников，一八四五—一九一六），俄國生物學家，免疫學的創始人之一。

評心雕龍[1]

甲　A-a-a-ch！[2]

乙　你搬到外國去！並且帶了你的家眷！你可是黃帝子孫？中國話裡嘆聲盡多，你為什麼要說洋話？敝人是不怕的，敢說：要你搬到外國去！

丙　他是在罵中國，奚落中國人，替某國間接宣傳咱們中國的壞處。他的表兄的侄子的太太就是某國人。

丁　中國話裡這樣的嘆聲倒也有的，他不過是自然地喊。但這就證明了他是一個死屍！現在應該用表現法；除了表現地喊，一切聲音都不算聲音。這「A-a-a」倒也有一點成功了，但那「ch」就沒有味。——自然，我的話也許是錯的；但至少我今天相信我的話並不錯。

戊　那麼，就須說「嗟」，用這樣「引車賣漿者流」[3]的話，是要使自己的身分成為下等的。況且現在正要讀經了……。

己　胡說！說「唉」也行。但可恨他竟說過好幾回，將「唉」都「壟斷」了去，使我們沒有來說的餘地了。

庚　曰「唉」乎？予蔑聞之。何也？噫嘻嗎呢為之障也[4]。

辛　然哉！故予素主張而文言者也。

王　嗟夫！余曩者之曾為白話，蓋痰迷心竅者也，而今悔之矣。

癸　他說「呸」麼？這是人格已經破產了！我本就看不起他，正如他的看不起我。現在因為受了庚先生幾句搶白，便「呸」起來；非人格破產是甚麼？我並非贊成庚先生，我也批評過他的。可是他不配「呸」庚先生。我就是愛說公道話。

子　但他是說「嘜」。

丑　你是他一黨！否則，何以替他來辯？我們是青年，我們就有這個脾氣，心愛吹毛求疵。他說「呸」或說「嘜」，我固然沒有聽到；但即使他說的真是「嘜」，又何損於癸君的批評的價值呢。可是你既然是他的一黨，那麼，你就也人格破產了！

寅　不要破口就罵。滿口謾罵，不成其為批評，Gentleman 決不如此。至於說批評全不能罵，那也不然。應該估定他的錯處，給以相當的罵，像塾師打學生的手心一樣，要公平。罵人，自然也許要得到回報的，可是我們也須有這一點不怕事的膽量：批評本來是「精神的冒險」呀！[5]

卯　這確是一條熹微翠樸的硬漢！王九媽媽的峻嶒小提囊，杜鵑叫道「行不得也哥哥」兒。湅然「哀哈」之藍縷的蒺藜，劣馬樣兒。這口風一滑溜，凡有緋剛的評論都要逼得翹辮兒了。[6]

辰　並不是這麼一回事。他是竊取著外國人的聲音，翻譯著。喂！你為什麼不去創作？

巳　那麼，他就犯了罪了！研究起來，字典上只有「Ach」，沒有什麼「A-a-a-ch」。我實在料不到他竟這樣杜撰。所以我說：你們都得買一本字典[7]，坐在書房裡看看，這才免得為這類腳色所欺。

午　他不再往下說，他的話流產了。

未　夫今之青年何其多流產[8]也，豈非因為急於出風頭之故麼？所以我奉勸今之青年，安分守己，切莫動彈，庶幾可以免於流產，……

申　夫今之青年何其多誤譯也，還不是因為不買字典之故麼？且夫……

酉　這實在「唉」得不行！中國之所以這樣「世風日下」，就是他說了「唉」的緣故。但是諸位在這裡，我不妨明說，三十年前，我也曾經「唉」過的，我何嘗是木石，我實在是開風氣之先[9]。後來我覺得流弊太多了，便絕口不談此事，並且深惡而痛絕之。並且到了今年，深悟讀經之可以救國，並且深信白話文之應該廢除。但是我並不說中國應該守舊……。

戌　我也並且到了今年，深信讀經之可以救國……。

亥　並且深信白話文之應當廢除……。

十一月十八日

【注釋】

1 本篇最初發表於一九二五年十一月二十七日《莽原》週刊第三十二期。

「雕龍」一語，見於《史記．孟子荀卿列傳》：「雕龍奭」。據裴駰集解引劉向《別錄》：「騶奭修衍（騶衍）之文，飾若雕縷龍文，故曰『雕龍』。」南朝梁劉勰曾採用這個意思，把他的一部文學批評著作題為《文心雕龍》，本篇的題目就是套用《文心雕龍》的。

作者的用意是諷刺當時文壇上流行的一些稀奇古怪的論調，最主要的是在攻擊從林琴南到章士釗的讀經尊孔的復古主義，和胡適、徐志摩、陳西瀅等人對於西方資產階級文化的奴顏婢膝的阿諛；但同時也批評了新文藝陣營中的某些偏向和不正確的主張。文中所舉的一些語句，大都見於上述諸人的文章，但也有經過作者提煉的。

2 即Ach，德語感嘆詞，讀如「啊喝」。

3 一九一九年三月林琴南在給蔡元培的信中攻擊白話文說：「若盡廢古書，行用土語為文字，則都下引車賣漿之徒所操之語，按之皆有文法，……據此則凡京津之稗販，均可用為教授矣。」

4 章士釗在《甲寅》週刊第一卷第二號（一九二五年七月二十五日）《孤桐雜記》中說：「陳君（按指陳西瀅）……喜作流行惡濫之白話文。致失國文風趣。……屢有佳文。愚擯弗讀。讀亦弗卒。即噫（原文作嘻）嘻嗎呢為之障也。」

5 關於批評與謾罵的話，可能是針對《現代評論》第一卷第二期（一九二四年十二月二十日）西林的《批評與罵人》一文而發的。該文有如下一些議論：
「批評的時候，雖可以罵人，罵人卻不就是批評。兩個洋車夫相撞，車夫回過頭來，你一句，我一句，那是罵人，那不是批評……我決不贊成一個人亂罵人，因而丟了自己的臉。」
「講到批評的時候免不了罵人……我們都不能不承認『不通』，『胡説』，『糟踏紙張筆墨』，是罵人；我們都不能不承認在相當的情形之下，這些話是最恰當的批評。」
「新近報紙上常引法國大文學家法朗士的話，説：批評是『靈魂的冒險』。既是一個『靈魂』，『冒險』，還能受什麼範圍？」
Gentleman，英語：紳士。
「精神的冒險」，也譯作「靈魂的冒險」。法國作家法朗士在《文學生活》一書中説過文學批評是「靈魂在傑作中的冒險」的話。

6 這一節是模仿徐志摩的文字而給以諷刺的。參看《集外集·「音樂」？》。

7 胡適在《現代評論》第一卷第二十一期（一九二五年五月二日）的《胡說（一）》中，說「近來翻譯家犯的罪過確也不少了」，他指責王統照在翻譯美國詩人朗費羅的長詩《克司台凱萊的盲女》時不查字典，「捏造謬解」，「完全不通」，並說：「我常對我的翻譯班學生說，『你們寧可少進一年學堂，千萬省下幾個錢來買一部好字典。那是你們的真先生，終身可以跟你們跑。』」

8 當時有些人把青年作者發表不夠成熟的作品斥為「流產」。《現代評論》第二卷第三十期（一九二五年七月四日）刊登江紹原《黃狗與青年作者》一文，認為由於報刊的編輯者不知選擇，只要稿子，青年作者「就天天生產——生產出許多先天不足，月分不足的小傢伙們。」隨後徐志摩等人也發表文章應和。同年十月二日徐志摩主編的《晨報副刊》發表《副刊殃》一文，指責青年作者「藉副刊作出風頭的場所，更屬墮志」。魯迅對這種論調的批評，可參看本書《這個與那個》。

9 一九二五年章士釗在他主編的《甲寅》週刊上激烈反對白話文。胡適在《國語》週刊十二期（一九二五年八月三十日）發表《老章又反叛了》一文，其中說到章士釗也是很早就寫過白話文的，「同是曾開風氣人」。章即在《甲寅》週刊一卷八號（一九二五年九月五日）發表《答適之》，其中也說：「二十年前。吾友林少泉好談此道。愚曾試為而不肖。十年前復為之。仍不肖。五年前又為之。更不肖。愚自是擱筆。」

這個與那個[1]

一　讀經與讀史

一個闊人說要讀經[2]，嗡的一陣一群狹人也說要讀經。豈但「讀」而已矣哉，據說還可以「救國」哩。「學而時習之，不亦說乎？」[3]那也許是確鑿的罷，然而甲午戰敗了，——為什麼獨獨要說「甲午」呢，是因為其時還在開學校，廢讀經[4]以前。

我以為伏案還未功深的朋友，現在正不必埋頭來哼線裝書。倘其咿唔日久，對於舊書有些上癮了，那麼，倒不如去讀史，尤其是宋朝明朝史，而且尤須是野史；或者看雜說。

現在中西的學者們，幾乎一聽到「欽定四庫全書」[5]這名目就魂不附體，膝彎總要軟下來似的。其實呢，書的原式是改變了，錯字是加添了，甚至於連文章都刪改了，最便當的是《琳琅秘室叢書》[6]中的兩種《茅亭客話》[7]，一是宋本，一是四庫本，一比較就知道。

「官修」而加以「欽定」的正史也一樣，不但本紀咧，列傳咧，要擺「史架子」；裡面也不敢說什麼。據說，字裡行間是也含著什麼褒貶的，但誰有這麼多的心眼兒來猜悶壺盧。至今還道「將平生事蹟宣付國史館立傳」，還是算了罷。

野史和雜說自然也免不了有訛傳，挾恩怨，但看往事卻可以較分明，因為它究竟不像正史那樣地裝腔作勢。看宋事，《三朝北盟彙編》[8]已經變成古董，太貴了，新排印的《宋人說部叢書》[9]卻還便宜。明事呢，《野荻編》[10]原也好，但也化為古董了，每部數十元；易於入手的是《明季南北略》[11]，《明季稗史彙編》[12]，以及新近集印的《痛史》[13]。

史書本來是過去的陳帳簿，和急進的猛士不相干。但先前說過，倘若還不能忘情於咿唔，倒也可以翻翻，知道我們現在的情形，和那時的何其神似，而現在的昏妄舉動，糊塗思想，那時也早已有過，並且都鬧糟了。

試到中央公園去，大概總可以遇見祖母得著她孫女兒在玩的。這位祖母的模樣，就預示著那娃兒的將來。所以倘有誰要預知令夫人後日的丰姿，也只要看丈母。不同是當然要有些不同的，但總歸相去不遠。我們查帳的用處就在此。

但我並不說古來如此，現在遂無可為，勸人們對於「過去」生敬畏心，以為它已經鑄定了我們的運命。Le Bon[14]先生說，死人之力比生人大，誠然也有一理的，然而人類究竟進化著。又據章士釗總長說，則美國的什麼地方已在禁講進化論[15]了，這實在是嚇死我也，然而禁只管禁，進卻總要進的。

總之：讀史，就愈可以覺悟中國改革之不可緩了。雖是國民性，要改革也得改革，否則，雜史雜說上所寫的就是前車。一改革，就無須怕孫女兒總要像點祖母那些事，譬如祖母的腳是三角形，步履維艱的，小姑娘的卻是天足，能飛跑；丈母老太太出過天花，臉上有些缺點的，令夫人卻種的是牛痘，所以細皮白肉：這也就大差其遠了。

十二月八日

二　捧與挖

中國的人們，遇見帶有會使自己不安的徵兆的人物，向來就用兩樣法：將他壓下去，或者將他捧起來。

壓下去就用舊習慣和舊道德，或者憑官力，所以孤獨的精神的戰士，雖然為民眾戰鬥，卻往往反為這「所為」而滅亡。到這樣，他們這才安心了。壓不下時，則於是乎捧，以為抬之使高，饜之使足，便可以於己稍稍無害，得以安心。

伶俐的人們，自然也有謀利而捧的，如捧闊老，捧戲子，捧總長之類；但在一般粗人，——就是未嘗「讀經」的，則凡有捧的行為的「動機」，大概是不過想免害。即以所奉祀的神道而論，也大抵是兇惡的，火神瘟神不待言，連財神也是蛇呀刺蝟呀似的駭人的畜類；觀音菩薩倒還可愛，然而那是從印度輸入的，並非我們的「國粹」。要而言之：凡有被捧者，十之九不是好東西。

既然十之九不是好東西，則被捧而後，那結果便自然和捧者的希望適得其反了。不但能使不安，還能使他們很不安，因為人心本來不易饜足。然而人們終於至今沒有悟，還以捧為苟安之一道。

記得有一部講笑話的書，名目忘記了，也許是《笑林廣訊》[16]罷，說，當一個知縣的壽辰，因為他是子年生，屬鼠的，屬員們便集資鑄了一個金老鼠去作賀禮。知縣收受之後，另尋了機會對大眾說道：明年又恰巧是賤內的整壽；她比我小一歲，是屬牛的。其實，如果大家先不送金老鼠，他決不敢想金牛。一送開手，可就難於收拾了，無論金牛無力致送，即使送了，怕他的姨太太也會屬象。象不在十二生肖之內，似乎不近情理罷，但這是我替他設想的法子罷了，知縣當然別有我們所莫測高深的妙法在。

民元革命時候，我在S城，來了一個都督[17]。他雖然也出身綠林大學，未嘗「讀經」（？），但倒是還算顧大局，聽輿論的，可是自紳士以至於庶民，又用了祖傳的捧法群起而捧之了。這個拜會，那個恭維，今天送衣料，明天送翅席，捧得他連自己也忘其所以，結果是漸漸變成老官僚一樣，動手刮地皮。

最奇怪的是北幾省的河道，竟捧得河身比屋頂高得多了。當初自然是防其潰決，所以壅上一點土；殊不料愈壅愈高，一旦潰決，那禍害就更大。於是就「搶堤」咧，「護堤」咧，「嚴防決堤」咧，花色繁多，大家吃苦。如果當初見河水氾濫，不去增堤，卻去挖底，我以為決不至於這樣。

有貪圖金牛者，不但金老鼠，便是死老鼠也不給。那麼，此輩也就連生日都未必做了。單是省卻拜壽，已經是一件大快事。

中國人的自討苦吃的根苗在於捧，「自求多福」[18]之道卻在於挖。其實，勞力之量是差不多的，但從惰性太多的人們看來，卻以為還是捧省力。

十二月十日

三　最先與最後

《韓非子》說賽馬的妙法，在於「不為最先，不恥最後」[19]。這雖是從我們這樣外行的人看起來，也覺得很有理。因為假若一開首便拚命奔馳，則馬力易竭。但那第一句是只適用於賽馬的，不幸中國人卻奉為人的處世金鍼了。

中國人不但「不為戎首」，「不為禍始」，甚至於「不為福先」[20]。所以凡事都不容易有改革；前驅和闖將，大抵是誰也怕得做。然而人性豈真能如道家所說的那樣恬淡；欲得的卻多。既然不敢徑取，就只好用陰謀和手段。以此，人們也就日見其卑怯了，既是「不為最先」，自然也不敢「不恥最後」，所以雖是一大堆群眾，略見危機，便「紛紛作鳥獸散」了。如果偶有幾個不肯退轉，因而受害的，公論家便異口同聲，稱之曰傻子。對於「鍥而不捨」[21]的人們也一樣。

我有時也偶爾去看看學校的運動會。這種競爭，本來不像兩敵國的開戰，挾有仇隙的，然而也會因了競爭而罵，或者竟打起來。但這些事又作別論。競走的時候，大抵是最快的三四個人一到決勝點，其餘的便鬆懈了，有幾個還至於失了跑完預定的圈數的勇氣，中途擠入看客的群集中；或者佯為跌倒，使紅十字隊用擔架將他抬走。假若偶有雖然落後，卻盡跑，盡跑的人，大家就嗤笑他。大概是因為他太不聰明，「不恥最後」的緣故罷。

所以中國一向就少有失敗的英雄，少有韌性的反抗，少有敢單身鏖戰的武人，少有敢撫哭叛徒的吊客；見勝兆則紛紛聚集，見敗兆則紛紛逃亡。戰具比我們精利的歐美人，戰具未必比我們精利的匈奴蒙古滿洲人，都如入無人之境。「土崩瓦解」這四個字，真是形容得有自知之明。

多有「不恥最後」的人的民族，無論什麼事，怕總不會一下子就「土崩瓦解」的，我每看運動會時，常常這樣想：優勝者固然可敬，但那雖然落後而仍非跑至終點不止的競技者，和見了這樣競技者而肅然不笑的看客，乃正是中國將來的脊樑。

四　流產與斷種

近來對於青年的創作，忽然降下一個「流產」的惡諡，哄然應和的就有一大群。我現在相信，發明這話的是沒有什麼惡意的，不過偶爾說一說；應和的也是情有可原的，因為世事本來大概就這樣。

我獨不解中國人何以於舊狀況那麼心平氣和，於較新的機運就這麼疾首蹙額；於已成之局那麼委曲求全，於初興之事就這麼求全責備？

智識高超而眼光遠大的先生們開導我們：生下來的倘不是聖賢，豪傑，天才，就不要生；寫出來的倘不是不朽之作，就不要寫；改革的事倘不是一下子就變成極樂世界，或者，至少能給我（！）有更多的好處，就萬萬不要動！……

那麼，他是保守派麼？據說：並不然的。他正是革命家。惟獨他有公平，正當，穩健，圓滿，平和，毫無流弊的改革法；現下正在研究室裡研究著哩，——只是還沒有研究好。

什麼時候研究好呢？答曰：沒有準兒。

孩子初學步的第一步，在成人看來，的確是幼稚，危險，不成樣子，或者簡直是可笑的。但無論怎樣的愚婦人，卻總以懇切的希望的心，看他跨出這第一步去，決不會因為他的走法幼稚，怕要阻礙闊人的路線而「逼死」他；也決不至於將他禁在床上，使他躺著研究到能夠飛跑時再下地。因為她知道：假如這麼辦，即使長到一百歲也還是不會走路的。

古來就這樣，所謂讀書人，對於後起者卻反而專用彰明較著的或改頭換面的禁錮。近來自然客氣些，有誰出來，大抵會遇見學士文人們擋駕：且住，請坐。接著是談道理了：調查，研究，推敲，修養，……結果是老死在原地方。否則，便得到「搗亂」的稱號。

我也曾有如現在的青年一樣，向已死和未死的導師們問過應走的路。他們都說：不可向東，或西，或南，或北。但不說應該向東，或西，或南，或北。我終於發現他們心底裡的蘊蓄了：不過是一個「不走」而已。

坐著而等待平安，等待前進，倘能，那自然是很好的，但可慮的是老死而所等待的卻終於不至；不生育，不流產而等待一個英偉的寧馨兒[22]，那自然也很可喜的，但可慮的是終於什麼也沒有。

倘以為與其所得的不是出類拔萃的嬰兒，不如斷種，那就無話可說。但如果我們永遠要聽見人類的足音，則我以為流產究竟比不生產還有望，因為這已經明明白白地證明著能夠生產的了。

十二月二十日

【注釋】

1 本篇最初分三次發表於一九二五年十二月十日、十二日、二十二日北京《國民新報副刊》。

2 指章士釗。關於讀經「救國」，可參看本書〈十四年的「讀經」〉一文。

3 語見《論語・學而》。「說」同「悅」。

4 清政府在一八九四年（光緒二十年）甲午中日戰爭中戰敗後，不久就採取了一些改良主義的辦法。戊戌變法（一八九八）期間，光緒帝於七月六日下詔普遍設立中小學，改書院為學堂；六月二十日曾詔令在科舉考試中廢止八股，「向用四書文者，一律改試策論」。

5 清乾隆三十八年（一七七三）設立四庫全書館，把宮中所藏和民間所獻書籍，命館臣分別加以選擇、鈔錄，費時十年，共選錄書籍三千五百零三種，分經、史、子、集四部，即所謂「欽定四庫全書」。它在一定程度上起了保存和整理文獻的作用，但這也是清政府文化統制的具體措施之一，凡被認為「違礙」的書，或遭「全毀」、「抽毀」，或被加以竄改，使後來無可依據。

6 清代胡珽校刊，共五集，計三十六種。所收主要是掌故、說部、釋道方面的書。

7 宋代黃休復著，共十卷。內容是記錄從五代到宋代真宗時（約當西元十世紀）的蜀中雜事。

8 宋代徐夢莘編，共二百五十卷。書中匯輯從宋徽宗政和七年（一一一七）到高宗紹興三十一年（一一六一）間宋、金和戰的史料。

9 指商務印書館印行的「宋人說部書」（都是筆記小說），夏敬觀編校，共出二十餘種。

10 即《萬曆野荻編》，明代沈德符著，三十卷，補遺四卷。記載明代開國至神宗萬曆間的典章制度和街談巷語。

11 指《明季北略》和《明季南略》。清代計六奇編。《北略》二十四卷，記載萬曆四十四年（一六一六）至崇禎十七年（一六四四）間事；《南略》十八卷，與《北略》相銜接，記至清康熙元年（一六六二）南明永曆帝被害止。

12 清代留雲居士輯，共十六種，二十七卷。各書所記都是明末的史事，著名的《揚州十日記》及《嘉定屠城記略》都在其中。

13 共三集，樂天居士編。辛亥革命後由上海商務印書館匯印，收明末清初野史二十餘種。

14 勒朋（一八四一－一九三一），法國社會心理學家。他在《民族進化的心理定律》一書中說：「欲瞭解種族之真義必將之同時伸長於過去與將來，死者較之生者是無限的更眾多，也是較之他們更強有力。」（張公表譯，商務印書館版）參看《熱風．隨感錄三十八》。

15 關於美國禁講進化論，章士釗在《甲寅》週刊第一卷第十七號（一九二五年十一月七日）的《再疏解輭義》中說：「田芮西州 Tennessee 尊崇耶教較篤者也，曾於州憲訂明，凡學校教科書，理與聖經相牾，應行禁制。州有市曰堞塘 Dayton，其小學校中，有教員曰師科布 John Thomas Scopes 以進化論授於徒，州政府大怒，謂其既違教義，復觸憲綱，因名捕師氏，下法官按問其罪。」後來因「念其文士，罰鍰百元」。進化論，英國生物學家達爾文（一八〇九－一八八二）在《物種起源》等著作中提出的以自然選擇為基礎的進化學說。它揭示了生物的起源、變異和發展的規律，對近代生物科學產生了巨大影響。

16 明代馮夢龍編有《廣笑府》十三卷，至清代被禁止，後來書坊改編為《笑林廣記》，共十二卷，編者署名遊戲主人。關於金老鼠的笑話，見該書卷一（亦見《廣笑府》卷二）。

17 即辛亥革命。S城，指紹興；都督，指王金發。參看《朝花夕拾·范愛農》及有關的注釋。王金發曾領導浙東洪門會黨平陽黨，號稱萬人，故作者戲稱他「出身綠林大學」。

18 語見《詩經·大雅·文王》：「永言配命，自求多福。」意思是只要順天命而行，則福祿自來。

19 參看本書〈補白〉一篇之注29。

20 語出《禮記·檀弓》：「毋為戎首，不亦善乎？」據漢代鄭玄注：「為兵主來攻伐曰戎首」。「不為禍始」、「不為福先」，語見《莊子·刻意》：「不為福先，不為禍始；感而後應，迫而後動，不得已而後起。」

21 語見《荀子·勸學》：「鍥而不捨，金石可鏤。」鍥，雕刻的意思。

22 晉宋時代俗語。《晉書·王衍傳》：「何物老嫗，生寧馨兒。」寧馨兒是「這樣的孩子」的意思。寧，這樣；馨，語助詞。

並非閒話（三）[1]

西瀅先生這回是義形於色，在《現代評論》四十八期的《閒話》裡很為被書賈擅自選印作品，因而受了物質上損害的作者抱不平。而且賤名也忝列於作者之列：惶恐透了。吃飯之後，寫一點自己的所感罷。至於捏筆的「動機」，那可大概是「不純潔」的[2]。

記得幼小時候住在故鄉，每看見紳士將一點騙人的自以為所謂恩惠，頒給下等人，而下等人不大感謝時，則斥之曰「不識抬舉！」我的父祖是讀書的，總該可以算得士流了，但不幸從我起，不知怎的就有了下等脾氣，不但恩惠，連弔慰都不很願意受，老實說罷：我總疑心是假的。這種疑心，大約就是「不識抬舉」

的根苗，或者還要使寫出來的東西「不純潔」。

我何嘗有什麼白刃在前，烈火在後，還是釘住書桌，非寫不可的「創作衝動」[3]；雖然明知道這種衝動是純潔，高尚，可貴的，然而其如沒有何。

前幾天早晨，被一個朋友怒視了兩眼，倒覺得臉有點熱，心有點酸，頗近乎有什麼衝動了，但後來被深秋的寒風一吹拂，臉上的溫度便復原，——沒有創作。至於已經印過的那些，那是被擠出來的。

這「擠」字是擠牛乳之「擠」；這「擠牛乳」是專來說明「擠」字的，並非故意將我的作品比作牛乳，希冀裝在玻璃瓶裡，送進什麼「藝術之宮」。倘用現在突然流行起來了的論調，將青年的急於發表未熟的作品稱為「流產」，則我的便是「打胎」；或者簡直不是胎，是狸貓充太子[4]。所以一寫完，便完事，管他媽的，書賈怎麼偷，文士怎麼說，都不再來提心吊膽。但是，如果有我所相信的人願意看，稱讚好，我終於是歡喜的。後來也集印了，為的是還想賣幾文錢，老實說。

那麼，我在寫的時候沒有虔敬的心麼？答曰：有罷。即使沒有這種冠冕堂皇的心，也決不故意耍些油腔滑調。被擠著，還能嬉皮笑臉，遊戲三昧[5]麼？倘能，那簡直是神仙了。我並沒有在呂純陽[6]祖師門下投誠過。

但寫出以後，卻也不很愛惜羽毛，有所謂「敝帚自珍」的意思，因為，已經說過，其時已經是「便完事，管他媽的」了。誰有心腸來管這些無聊的後事呢？所以雖然有什麼選家在那裡放出他那偉大的眼光，選印我的作品，我也照例給他一個不管。

其實，要管也無從管起的。我曾經替人代理過一回收版稅的譯本，打聽得賣完之後，向書店去要錢，回信卻道，舊經理人已經辭職回家了，你向他要去罷；我們可是不知道。這書店在上海，我怎能趁了火車去向他坐索，或者打官司？

但我對於這等選本，私心卻也有「竊以為不然」的幾點，一是原本上的錯字，雖然一見就明知道是錯的，他也照樣錯下去；二是他們每要發幾句偉論，例如什麼主義咧，什麼意思咧之類[7]，大抵是我自己倒覺得並不這樣的事。自然，批評是「精神底冒險」，批評家的精神總比作者會先一步的，但在他們的所謂死屍上，我卻分明聽到心搏，這真是到死也說不到一塊兒，此外，倒也沒有什麼大怨氣了。

這雖然似乎是東方文明式的大度，但其實倒怕是因為我不靠賣文營生。在中國，駢文壽序的定價往往還是每篇一百兩，然而白話不值錢；翻譯呢，聽說是自己不能創作而嫉妒別人去創作的壞心腸人所提倡的，將來文壇一進步，當然更要一文不值。

我所寫出來的東西，當初雖然很碰過許多大釘子，現在的時價是每千字一至二三元，但是不很有這樣好主顧，常常只好盡些不知何自而來的義務。有些人以為我不但用了這些稿費或版稅造屋，買米，而且還靠它吸煙捲，吃果糖。殊不知那些款子是另外騙來的；我實在不很擅長於先裝鬼臉去嚇書坊老闆，然後和他接洽。我想，中國最不值錢的是工人的體力了，其次是咱們的所謂文章，只有伶俐最值錢。

倘真要直直落落，借文字謀生，則據我的經驗，賣來賣去，來回至少一個月，多則一年餘，待款子寄到時，作者不但已經餓死，倘在夏天，連筋肉也都爛盡了，那裡還有吃飯的肚子。所以我總用別的道兒謀生；至於所謂文章也者，不擠，便不做。擠了才有，則和什麼高超的「煙士披離純」[8]呀，「創作感興」呀之類不大有關係，也就可想而知。

倘說我假如不必用別的道兒謀生，則心志一專，就會有「煙士披離純」等類，而產生較偉大的作品，至少，也可以免於獻出剝皮的狸貓罷，那可是也未必。三家村的冬烘先生，一年到頭，一早到夜教村童，不但毫不「時時想政治活動」，簡直並不很「幹著種種無聊的事」[9]，但是他們似乎並沒有《教育學概論》或「高頭講章」[10]的待定稿，藏之名山[11]。而馬克思的《資本論》[12]，陀思妥夫斯奇的《罪與罰》[13]等，都不是啜末加[14]加啡，吸埃及煙捲之後所寫的。除非章士釗總長治下的「有些天才」的編譯館[15]人員，以及討得官僚津貼或銀行廣告費的「大報」[16]作者，於謀成事遂，睡足飯飽之餘，三月煉字，半年鍛句，將來會做出超倫軼群的古奧漂亮作品。

總之，在我，是肚子一飽，應酬一少，便要心平氣和，關起門來，什麼也不寫了；即使還寫，也許不過是溫暾之談，兩可之論，也即所謂執中之說，公允之言，其實等於不寫而已。

所以上海的小書賈化作蚊子，吸我的一點血，自然是給我物質上的損害無疑，而我卻還沒有什麼大怨氣，因為我知道他們是蚊子，大家也都知道他們是蚊子。我一生中，給我大的損害的並非書賈，並非兵匪，更不是旗幟鮮明的小人：乃是所謂「流言」。即如今年，就有什麼「鼓動學潮」呀，「謀做校長」呀，「打落門牙」[17]呀這些話。有一回，竟連現在為我的著作權受損失抱不平的西瀅先生也要相信了，也就在《現代評論》（第二十五期）的照例的《閒話》上發表出來[18]；它的效力就可想。

譬如一個女學生，與其被若干卑劣陰險的文人學士們暗地裡散布些關於品行的謠言，倒不如被土匪搶去一條紅圍巾──物質。但這種「流言」，造的是一個人還是多數人？姓甚，名誰？我總是查不出；後來，因為沒有多工夫，也就不再去查考了，僅為便於述說起見，就總稱之曰畜生。

雖然分了類，但不幸這些畜生就雜在人們裡，而一樣是人頭，實際上仍然無從辨別。所以我就多疑，不大要聽人們的說話；又因為無話可說，自己也就不大願意做文章。有時候，甚至於連真的義形於色的公話也會覺得古怪，珍奇，於是乎而下等脾氣的「不識抬舉」遂告成功，或者會終於不可救藥。

平心想起來，所謂「選家」這一流人物，雖然因為容易聯想到明季的制藝的選家[19]的緣故，似乎使人厭聞，但現在倒是應該有幾個。這兩三年來，無名作家何嘗沒有勝於較有名的作者的作品，只是誰也不去理會他，一任他自生自滅。去年，我曾向ＤＦ[20]先生提議過，以為該有人搜羅了各處的各種定期刊行物，仔細評量，選印幾本小說集，來紹介於世間；至於已有專集者，則一概不收，「再拜而送之大門之外」。

但這話也不過終於是空話，當時既無定局，後來也大家走散了。我又不能做這事業，因為我是偏心的。評是非時我總覺得我的熟人對，讀作品是異己者的手腕大概不高明。在我的心裡似乎是沒有所謂「公平」，在別人裡我也沒有看見過，然而還疑心什麼地方也許有，因此就不敢做那兩樣東西了：法官，批評家。

現在還沒有專門的選家時，這事批評家也做得，因為批評家的職務不但是剪除惡草，還得灌溉佳花，——佳花的苗。譬如菊花如果是佳花，則他的原種不過是黃色的細碎的野菊，俗名「滿天星」的就是。但是，或者是文壇上真沒有較好的作品之故罷，也許是一做批評家，眼界便極高卓，所以我只見到對於青年作家的迎頭痛擊，冷笑，抹殺，卻很少見誘掖獎勸的意思的批評。

有一種所謂「文士」而又似批評家的，則專是一個人的御前侍衛，托爾斯泰呀，托她斯泰呀，指東畫西的，就只為一人做屏風。其甚者竟至於一面暗護此人，一面又中傷他人，卻又不明明白白地舉出姓名和實證來，但用了含沙射影的口氣，使那人不知道說著自己，卻又另用口頭宣傳以補筆墨所不及，使別人可以疑心到那人身上去。這不但對於文字，就是女人們的名譽，我今年也看見有用了這畜生道的方法來毀壞的。

古人常說「鬼蜮伎倆」，其實世間何嘗真有鬼蜮，那所指點的，不過是這類東西罷了。這類東西當然不在話下，就是只做侍衛的，也不配評選一言半語，因為這種工作，做的人自以為不偏而其實是偏的也可以，自以為公平而其實不公平也可以，但總不可「別有用心」於其間的。

書賈也像別的商人一樣，惟利是圖；他的出版或發議論的「動機」，誰也知道他「不純潔」，決不至於和大學教授的來等量齊觀的。但他們除惟利是圖之外，別的倒未必有什麼用意，這就是使我反而放心的地方。自然，倘是向來沒有受過更奇特而陰毒的暗箭的福人，那當然即此一點也要感到痛苦。

這也算一篇作品罷，但還是擠出來的，並非圍爐煮茗時中的閒話，臨了，便回上去填作題目，紀實也。

十一月二十二日

【注釋】

1 本篇最初發表於一九二五年十二月七日《語絲》週刊第五十六期。

2 關於版權和創作動機問題，陳西瀅在《現代評論》第二卷第四十八期（一九二五年十一月七日）的《閒話》裡說：

「有一種最取巧的竊盜他家的版權。……魯迅，郁達夫，葉紹鈞，落華生諸先生都各人有自己出版的創作集，現在有人用什麼小說選的名義，把那裡的小說部分或全部剽竊了去，自然他們自己書籍的銷路大受影響了。」又說：

「一件藝術品的產生，除了純粹的創造衝動，是不是常常還夾雜著別的動機？是不是應當夾雜著別種不純潔的動機？……可是，看一看古今中外的各種文藝美術品，我們不能不說它們的產生的動機大都是混雜的。」

3 陳西瀅在《現代評論》第二卷第四十八期的《閒話》中說：「他們有時創造的衝動來時，不工作便吃飯睡覺都不成，可是有時也懶懶的讓它過去了。」又說：「一到創作的時候，真正的藝術家又忘卻了一切，他只創造他心靈中最美最真實的東西，斷不肯放低自己的標準，去迎合普通讀者的心理。」

4 這是從《宋史．李宸妃傳》宋仁宗（趙禎）生母李宸妃不敢認子的故事演變而來的傳說。清代石玉崑編述的公案小說《三俠五義》有這樣的情節：宋真宗無子，劉、李二妃皆懷孕，劉妃為爭立皇后，與太監密謀，在李妃生子時，用一隻剝皮的狸貓將小孩換下來。

5 佛家語。這裡是無掛無礙、泰然遊戲的意思。

6 呂純陽（七九八－？），即呂洞賓，名岩，號純陽子，相傳為唐末京兆（今陝西長安）人，隱居終南山。民間傳說他後來得道成仙，為「八仙」之一。他遊戲人間的故事如「三醉岳陽樓」、「三戲白牡丹」等在民間很流行。

7 當時有些出版商任意編選作品牟利，編校工作往往十分粗疏，又好妄加評論。如一九二二年由魯莊雲奇編輯、小說研究社發行的《小說年鑑》，其中收有魯迅的《兔和貓》、《鴨的喜劇》等，在評論中竟說《兔和貓》是「進化論的縮寫」，對這篇小說在《晨報副刊》發表時的排校錯誤不僅未予改正，還添了新的錯誤，如將「我說不然」排成「說我不然」等。

8 英語 Inspiration 的音譯，「靈感」的意思。

9 「幹著種種無聊的事」等語，也見於陳西瀅在《現代評論》第二卷第四十八期的《閒話》：「一個靠教書吃飯而時時想政治活動的人不大會是好教員，一個靠政治活動吃飯而教幾點鐘書的人也不大會是好教員……我每看見一般有些天才而自願著述終身的朋友在幹著種種無聊的事情，只好為著作界的損失一嘆了。」

10 在經書正文上端留有較寬空白，刊印講解文字，這些文字稱為「高頭講章」。後來泛指這類格式的經書。

11 司馬遷《報任少卿書》：「藏諸名山，傳之其人。」

12 馬克思（一八一八—一八八三）的主要著作，偉大的政治經濟學文獻，共三卷。第一卷於一八六七年出版，第二、三卷在他逝世後由恩格斯整理，分別於一八八五年和一八九四年出版。

13 陀思妥夫斯奇（Фёдор Михайлович Достоевский，一八二一—一八八一），通譯陀思妥耶夫斯基，俄國作家。《罪與罰》是他的長篇小說，一八八六年出版。

14 通譯穆哈，阿拉伯葉門共和國的海口，著名的咖啡產地。

15 指當時的國立編譯館，由章士釗呈請創辦，一九二五年十月成立。

16 指《現代評論》。《猛進》週刊第三十一期（一九二五年十月二日）刊有署名蔚麟的通信：「《現代評論》為受了段祺瑞、章士釗的幾千塊錢，吃著人的嘴軟，拿著人的手軟，對於段祺瑞、章士釗的一切胡作非為，絕不敢說半個不字。」又《現代評論》自第一卷第十六期（一九二五年三月二十八日）起，每期封底都整面刊登當時金城銀行的廣告。

17 一九二五年十月二十六日，段祺瑞政府邀請英、美、法等十二國在北京召開所謂「關稅特別會議」，企圖與各帝國主義國家成立新的關稅協定。北京各學校、各團體五萬餘人當日在天安門集會反對，主張關稅自主；赴會群眾曾遭到大批武裝員警阻止和毆打，受傷十餘人，被捕數人。次日，《社會日報》等登載不符事實的消息說：「周樹人（北大教員）齒受傷，脫落門牙二」（參看《墳．從鬍鬚說到牙齒》）。

18 參看本書〈並非閒話〉及其注8。

19 明代以八股文（制藝）取士，選家就應運而生；他們的八股文選本所收的大抵都是陳腔濫調之作。長篇小說《儒林外史》中有對於選家的淋漓盡致的描寫。

20 指郁達夫（一八九六—一九四五），浙江富陽人，作家，創造社重要成員之一，著有《沉淪》《水樣的春愁》《遲桂花》等。他在一九二七年一月三十日給北京《世界日報副刊》編者的信中說：「前三四年，我在北京，屢次和魯迅先生談起，想邀集幾個人起來，聯合著來翻閱那些新出版的小刊物，中間有可取的作品，就馬上為他們表揚出來，介紹給大家，可以使許多未成名的青年作家，得著些安慰，而努力去創作，後來以事去北京，此議就變成了水泡。」

我觀北大[1]

因為北大學生會的緊急徵發，我於是總得對於本校的二十七周年紀念來說幾句話。

據一位教授[2]的名論，則「教一兩點鐘的講師」是不配與聞校事的，而我正是教一點鐘的講師。但這些名論，只好請恕我置之不理；——如其不恕，那麼，也就算了，人那裡顧得這些事。

我向來也不專以北大教員自居，因為另外還與幾個學校有關係。然而不知怎的，——也許是含有神妙的用意的罷，今年忽而頗有些人指我為北大派。我雖然不知道北大可真有特別的派，但也就以此自居了。北大派麼？就是北大派！怎麼樣呢？

但是，有些流言家幸勿誤會我的意思，以為謠我怎樣，我便怎樣的。我的辦法也並不一律。譬如前次的遊行，報上謠我被打落了兩個門牙，我可決不肯具呈警廳，籲請補派軍警，來將我的門牙從新打落。我之照著謠言做去，是以專檢自己所願意者為限的。

我覺得北大也並不壞。如果真有所謂派，那麼，被派進這派裡去，也還是也就算了。理由在下面：

既然是二十七周年，則本校的萌芽，自然是發於前清的，但我並民國初年的情形也不知道。惟據近七八年的事實看來，第一，北大是常為新的，改進的運動的先鋒，要使中國向著好的，往上的道路走。雖然很中了許多暗箭，背了許多謠言；教授和學生也都逐年地有些改換了，而那向上的精神還是始終一貫，不見得弛懈。自然，偶爾也免不了有些很想勒轉馬頭的，可是這也無傷大體，「萬眾一心」，原不過是書本子上的冠冕話。

第二，北大是常與黑暗勢力抗戰的，即使只有自己。自從章士釗提了「整頓學風」[3]的招牌來「作之師」[4]，並且分送金款[5]以來，北大卻還是給他一個依照彭允彝[6]的待遇。現在章士釗雖然還伏在暗地裡做總長[7]，本相卻已顯露了；而北大的校格也就愈明白。那時固然也曾顯出一角灰色，但其無傷大體，也和第一條所說相同。

我不是公論家，有上帝一般決算功過的能力。僅據我所感得的說，則北大究竟還是活的，而且還在生長的。凡活的而且在生長者，總有著希望的前途。

今天所想到的就是這一點。但如果北大到二十八周年而仍不為章士釗者流所謀害[8]，又要出紀念刊，我卻要預先聲明：不來多話了。一則，命題作文，實在苦不過；二則，說起來大約還是這些話。

十二月十三日

【注釋】

1 本篇最初發表於一九二五年十二月十七日《北大學生會週刊》創刊號。

2 指高仁山。

3 一九二五年八月章士釗起草所謂「整頓學風」的命令，由段祺瑞發布。

4 語見《尚書．泰誓》：「天佑下民，作之君，作之師。」

5 第一次世界大戰後，法國因法郎貶值，堅持中國對法國的庚子賠款要以金法郎支付。一九二五年春，段祺瑞政府不顧當時全國人民的堅決反對，同意了法方的無理要求，從作為賠款抵押的中國鹽税中付給債款後，收回餘額一千多萬元，這筆款被稱為「金款」。它們除大部充作北洋政府的軍政開支外，從中撥出一百五十萬元作為教育經費，當時一些私立大學曾提出分享這筆錢，章士釗則堅持用於清理國立八校的積欠，「分送金款」即指此事。

6 彭允彝，字靜仁，湖南湘潭人。一九二三年他任北洋政府教育總長時，北京大學為了反對他，曾一度與教育部脱離關係。一九二五年八月，北京大學又因章士釗「思想陳腐，行為卑鄙」，也宣言反對他擔任教育總長，與教育部脱離關係。所以這裡説「還是給他一個依照彭允彝的待遇」。

7 一九二五年十一月二十八日，北京市群眾為要求關税自主，舉行示威遊行，提出「驅逐段祺瑞」「打死朱深、章士釗」等口號。章士釗即潛逃天津，並在《甲寅》週刊第一卷第二十一號（一九二五年十二月五日）上宣稱：「幸天相我。局勢頓移。所謂烏官也者。已付之自然淘汰。」其實那時段祺瑞並未下臺，章士釗也仍在暗中管理部務。

8 章士釗當時一再壓迫北京大學，如北大宣布脱離教育部後，《甲寅》週刊即散布解放北大的謠言，進行威脅；一九二五年九月五日，段祺瑞政府內閣會議決定，停發北大經費。

碎話[1]

如果只有自己，那是都可以的：今日之我與昨日之我戰也好，今日這麼說明日那麼說也好。但最好是在自己的腦裡想，在自己的宅子裡說；或者和情人談談也不妨，橫豎她總能以「阿呀」表示其佩服，而沒有第三者與聞其事。只是，假使不自珍惜，陸續發表出來，以「領袖」「正人君子」自居，而稱這些為「思想」或「公論」之類，卻難免有多少老實人遭殃。自然，凡有神妙的變遷，原是反足以見學者文人們進步之神速的；況且文壇上本來就「只許州官放火不准百姓點燈」[2]，既不幸而為庸人，則給天才做一點犧牲，也正是應盡的義務。誰叫你不能研究或創作的呢？亦惟有活該吃苦而已矣！

然而，這是天才，或者是天才的奴才的崇論宏議。從庸人一方面看起來，卻不免覺得此說雖合乎理而反乎情；因為「螻蟻尚且貪生」，也還是古之明訓。所以雖然是庸人，總還想活幾天，樂一點。無奈愛管閒事是他們吃苦的根苗，坐在家裡好好的，卻偏要出來尋導師，聽公論了。學者文人們正在一日千變地進步，大家跟在他後面；他走的是小彎，你走的是大彎，他在圓心裡轉，你卻必得在圓周上轉，汗流浹背而終於不知所以，那自然是不待數計龜卜而後知的。

什麼事情都要幹，幹，幹！那當然是名言，但是倘有傻子真去買了手槍，就必要深悔前非，更進而悟到救國必先求學[3]。這當然也是名言，何用多說呢，就遵諭鑽進研究室去。待到有一天，你發見了一顆新彗星[4]，或者知道了劉歆並非劉向的兒子[5]之後，跳出來救國時，先覺者可是「杳如黃鶴」了，尋來尋去，也許會在戲園子裡發現。

你不要再菲薄那「小東人嗯嗯！哪，唉唉唉！」[6]罷：這是藝術。聽說「人類不僅是理智的動物」，必須「種種方面有充分發達的人，才可以算完人」呀，學者之在戲園，乃是「在感情方面求種種的美」[7]。「束髮小生」變成先生，從研究室裡鑽出，救國的資格也許有一點了，卻不料還是一個精神上種種方面沒有充分發達的畸形物，真是可憐可憐。

那麼，立刻看夜戲，去求種種的美去，怎麼樣？誰知道呢。也許學者已經出戲園，學說也跟著長進（俗稱改變，非也）了。

叔本華先生以厭世名一時，近來中國的紳士們卻獨獨賞識了他的《婦人論》[8]。的確，他的罵女人雖然還合紳士們的脾胃，但別的話卻實在很有些和我們不相宜的。即如《讀書和書籍》那一篇裡，就說，「我們讀著的時候，別人卻替我們想。我們不過反覆了這人的心的過程。……然而本來底地說起來，則讀書時，我們的腦已非自己的活動地。這是別人的思想的戰場了。」但是我們的學者文人們卻正需要這樣的戰場——未經老練的青年的腦髓。但也並非在這上面和別的強敵戰鬥，乃是今日之我打昨日之我，「道義」之手批「公理」之頰——說得俗一點，自己打嘴巴。作了這樣的戰場者，怎麼還能明白是怎麼一回事。

這一月來，不知怎的又有幾個學者文人或批評家亡魂失魄了，彷彿他們在上月底才從娘胎鑽出，毫不知道民國十四年十二月以前的事似的。女師大學生一歸她們被占的本校，就有人引以為例，說張鬍子或李鬍子可以「派兵送一二百學生佔據了二三千學生的北大」[9]。如果這樣，北大學生確應該群起而將女師大撲滅，以免張胡或李胡援例，確保母校的安全。

但我記得北大剛舉行過二十七周年紀念，那建立的歷史，是並非由章士釗將張胡或李胡將要率領的二百學生拖出，然後改立北大，招生三千，以掩人耳目的。這樣的比附，簡直是在青年的腦上打滾。夏間，則也可以稱為「挑剔風潮」。但也許批評界有時也是「只許州官放火不准百姓點燈」，正如天才之在文壇一樣的。

學者文人們最好是有這樣的一個特權，月月，時時，自己和自己戰，——即自己打嘴巴。免得庸人不知，以常人為例，誤以為連一點「閒話」也講不清楚。

十二月二十二日

【注釋】

1 本篇最初發表於一九二六年一月八日《猛進》週刊第四十四期。

2 據宋代陸遊《老學庵筆記》卷五：「田登作郡，自諱其名，觸者必怒，吏卒多被榜笞；於是舉州皆謂燈為火。上元放燈，許人入州治遊觀，吏人遂書榜揭於市曰：本州依例放火三日。」

3 這些「名言」都是胡適說的。他在《新青年》第九卷第二號（一九二一年六月）《四烈士土塚上的沒字碑歌》一詩中，歌頌「炸彈！炸彈！」和「幹！幹！幹！」；但在五卅運動後，他在

《現代評論》第二卷第三十九期（一九二五年九月五日）發表的《愛國運動與求學》一文中，又主張救國必先求學，企圖使學生脫離愛國運動。

4 這也是對胡適所說的話而發的。胡適在一九一九年八月十六日所作《論國故學》一文中曾說過：「發明一個字的古義，與發現一顆恒星，都是一大功績。」（據《胡適文存》二集卷二）

5 劉向（約前七十七－前六）、劉歆（約前五十－廿三），父子二人都是漢代學者。這裡說「劉歆並非劉向的兒子」，是諷刺當時一些毫無根據地亂下判斷的考據家。

6 這是京劇《三娘教子》中老僕薛保的唱詞。「小東人」指小主人薛倚。

7 這些都是陳西瀅的話。他在《現代評論》第一卷第二十五期（一九二五年五月三十日）的《閒話》中說：「人類不僅僅是理智的動物，他們在體格方面就求康健強壯，在社會方面就求同情，在感情方面就求種種的美。種種方面有充分的發達的人，才可以算完人。」

8 叔本華的一篇誣衊婦女的文章。曾由張慰慈譯為中文，題為《婦女論》，載於一九二五年十月十四、十五日《晨報副刊》。在譯文前，還有徐志摩的介紹文《叔本華與叔本華的〈婦女論〉》。

9 女師大學生於一九二五年八月二十二日被章士釗、劉百昭雇人毆曳出校以後，即另在宗帽胡同賃屋上課，原址則由章士釗另立女子大學。十一月末章士釗潛逃天津，女師大學生即遷回原址。這立刻招致陳西瀅的攻擊，他在《現代評論》第三卷第五十四期（一九二五年十二月十九日）的《閒話》裡說：「女大有三百五十學生，女師大有四十餘學生，無論分立或合併，學生人數過八倍多的女大斷沒有把較大的校舍讓給女師大的道理。」他誣衊女師大學生的回校，是「用暴力去佔據」女大校舍，所以又說：「要是有一天，什麼張鬍子或李鬍子佔有了北京，他派兵送一二百學生來佔據了二三千學生的北大，他說這不過學你們教育界自己發明的方法，你們又怎樣說？」

「公理」的把戲[1]

自從去年春間，北京女子師範大學有了反對校長楊蔭榆事件以來，於是而有該校長在太平湖飯店[2]請客之後，任意將學生自治會員六人除名的事；有引警察及打手蜂擁入校的事；迨教育總長章士釗復出[3]，遂有非法解散學校的事；有司長劉百昭雇用流氓女丐毆曳學生出校，禁之補習所空屋中的事；有手忙腳亂，急掛女子大學招牌以掩天下耳目的事；有胡敦復[4]之趁火打劫，攫取女大校長飯碗，助章士釗欺罔世人的事。女師大的許多教職員，——我敢特地聲明：並不是全體！——本極以章楊的措置為非，復痛學生之無辜受戮，無端失學，而校務維持會[5]之組織，遂愈加嚴固。

我先是該校的一個講師，於黑暗殘虐情形，多曾目睹；後是該會的一個委員，待到女師大在宗帽胡同自賃校舍，而章士釗尚且百端迫壓的苦痛，也大抵親歷的。當章氏勢焰熏天時，我也曾環顧這首善之區，尋求所謂「公理」「道義」之類而不得；而現在突起之所謂「教育界名流」者，那時則鴉雀無聲；甚且捧獻肉麻透頂的呈文[6]，以歌頌功德。

但這一點，我自然也判不定是因為畏章氏有嗾使兵警痛打之威呢，還是貪圖分潤金款之利[7]，抑或真以他為「公理」或「道義」等類的具象的化身？但是，從章氏逃走，女師大復校以後，所謂「公理」等件，我卻忽而間接地從女子大學在擷英館宴請「北京教育界名流及女大學生家長」的席上找到了。

據十二月十六日的《北京晚報》說，則有些「名流」即於十四日晚六時在那個擷英番菜館開會。請吃飯的，去吃飯的，在中國一天不知道有多多少少，本不與我相干，雖然也令我記起楊蔭榆也愛在太平湖飯店請人吃飯的舊事。但使我留心的是，從這飯局裡產生了「教育界公理維持會」[8]，從這會又變出「國立女子大學後援會」，從這會又發出「致國立各校教職員聯席會議函」，聲勢浩大，據說是「而於該校附和暴徒，自墮人格之教職員，即不能投畀豺虎，亦宜屏諸席外，勿與為伍」云。

他們之所謂「暴徒」，蓋即劉百昭之所謂「土匪」[9]，官僚名流，口吻如一，從局外人看來，不過煞是可笑而已。而我是女師大維持會員之一，又是女師大教員，人格所關，當然有抗議的權利。豈但抗議？「投虎」「割席」，「名流」的熏灼之狀，竟至於斯，則雖報以惡聲，亦不為過。但也無須如此，只要看一看這些「名流」究竟是什麼東西，就盡夠了。

報上和函上有名單：除了萬里鳴是太平湖飯店掌櫃，以及董子鶴輩為我所不知道的不計外，陶昌善是農大教務長，教長兼農大校長章士釗的替身；石志泉是法大教務長；查良釗是師大教務長；李順卿，王桐齡是師大教授；蕭友梅是前女師大而今女大教員；蹇華芬是前女師大而今女大學生；馬寅初是北大講師，又是中國銀行的什麼，也許是「總司庫」，這些名目我記不清楚了；燕樹棠，白鵬飛，陳源即做《閒話》的西瀅，丁燮林即做過《一隻馬蜂》的西林，周鯁生即周覽，皮宗石，高一涵，李仲揆即李四光，曾有一篇楊蔭榆要用汽車迎他「觀劇」的作品登在《現代評論》上的，都是北大教授，又大抵原住在東吉祥胡同，又大抵是先前反對北大對章士釗獨立的人物，所以當章士釗炙手可熱之際，《大同晚報》曾稱他們為「東吉祥派的正人君子」[10]，雖然他們那時並沒有開什麼「公理」會。但他們的住址，今年新印的《北大職員錄》上可很有些函胡了，我所依據的是民國十一年的本子。

日本人學了中國人口氣的《順天時報》，即大表同情於女子大學，據說多人的意見，以為女師大教員多係北大兼任，有附屬於北大之嫌。虧它徵得這麼多人的意見。

然而從上列的名單看來，那觀察是錯的。女師大向來少有專任教員，正是楊蔭榆的狡計，這樣，則校長即可以獨攬大權；當我們說話時，高仁山即以講師不宜與聞校事來箝制我輩之口。況且女師大也決不因為中有北大教員，即精神上附屬於北大，便是北大教授，正不乏有當學生反對楊蔭榆的時候，即協力來殲滅她們的人。即如八月七日的《大同晚報》，就有「某當局……謂北大教授中，如東吉祥派之正人君子，亦主張解散」等語。《順天時報》的記者倘竟不知，可謂昏瞀，倘使知道而故意淆亂黑白，那就有挑撥對於北大懷著惡感的人物，將那惡感蔓延於女師大之嫌，居心可謂卑劣。

但我們國內戰爭，尚且常有日本浪人[11]從中作祟，使良民愈陷於水深火熱之中，更何況一校女生和幾個教員之被誣衊。我們也只得自責國人之不爭氣，竟任這樣的報紙跳梁！

北大教授王世杰在擷英館席上演說，即云「本人決不主張北大少數人與女師大合作」，就可以證明我前言的不誣。至又謂「照北大校章教職員不得兼他機關主要任務然而現今北大教授在女師大兼充主任者已有五人實屬違法應加以否認云云」，則頗有語病。北大教授兼國立京師圖書館副館長月薪至少五六百元的李四光，不也是正在坐中「維持公理」，而且演說的麼？使之何以為情？李教授兼副館長的演說辭，報上卻不載；但我想，大概是不贊成這個辦法的。

北大教授燕樹棠謂女大學生極可佩服，而對於「形同土匪破壞女大的人應以道德上之否認加之」，則竟連所謂女大教務長蕭純錦的自辯女大當日所埋伏者是聽差而非流氓的啟事[12]也沒有見，卻已一口咬定，嘴上忽然跑出一個「道德」來了。那麼，對於形同鬼蜮破壞女師大的人，應以什麼上之否認加之呢？

「公理」實在是不容易談，不但在一個維持會上，就要自相矛盾，有時竟至於會用了「道義」上之手，自批「公理」上之臉的嘴巴。西瀅是曾在《現代評論》（三十八）的《閒話》裡冷嘲過援助女師大的人們的：「外國人說，中國人是重男輕女的。我看不見得吧。」現在卻簽名於什麼公理會上了，似乎性情或體質有點改變。而且曾經感慨過：「你代被群眾專制所壓迫者說了幾句公平話，那麼你不是與那人有『密切的關係』便是吃了他或她的酒飯。」（《現代》四十）然而現在的公理什麼會上的言論和發表的文章上，卻口口聲聲，側重多數了[13]；似乎主張又頗有些參差，只有「吃飯」的一件事還始終如一。

在《現代評論》（五十三）上，自詡是「所有的批評都本於學理和事實，絕不肆口謾罵」[14]，而忘卻了自己曾稱女師大為「臭毛廁」，並且署名於要將人「投畀豺虎」的信尾曰：陳源。陳源。陳源不就是西瀅麼？半年的事，幾個的人，就這麼矛盾支離，實在可以使人憫笑。但他們究竟是聰明的，大約不獨覺得「公理」歪邪，而且連自己們的「公理維持會」也很有些歪邪了罷，所以突然一變而為「女子大學後援會」了，這是的確的，後援，就是站在背後的援助。

但是十八日《晨報》上所載該後援會開會的記事，卻連發言的人的名姓也沒有了，一律叫作「某君」。莫非後來連對於自己的姓名也覺得可羞，真是「內愧於心」了？還是將人「投畀豺虎」之後，預備歸過於「某君」，免得自己負責任，受報復呢？雖然報復的事，並為「正人君子」們所反對，但究竟還不如先使人不知道「後援」者為誰的穩當，所以即使為著「道義」，而坦白的態度，也仍為他們所不取罷。因為明白地站出來，就有些「形同土匪」或「暴徒」，怕要失了專在背後，用暗箭的聰明人的人格。

其實，擷英館裡和後援會中所嘯聚的一彪人馬，也不過是各處流來的雜人，正如我一樣，到北京來騙一口飯[15]，豈但「投界豺虎」，簡直是已經「投畀有北」[16]的了。這算得什麼呢？以人論，我與王桐齡，李順卿雖曾在西安點首談話，卻並不當作朋儕；與陳源雖嘗在給泰戈爾[17]祝壽的戲臺前一握手，而早已視為異類，又何至於會有和他們連席之意？而況於不知什麼東西的雜人等輩也哉！以事論，則現在的教育界中實無豺虎，但有些城狐社鼠[18]之流，那是當然不能免的。不幸十餘年來，早見得不少了；我之所以對於有些人的口頭的鳥「公理」而不敬者，即大抵由於此。

十二月十八日

【注釋】

1 本篇最初發表於一九二五年十二月二十四日《國民新報副刊》。

2 應為西安飯店。參看本書《後記》。

3 一九二五年五月七日，章士釗因禁止學生紀念「五七」國恥的愛國運動，引起學生反對，就逃往天津暫避；六月間，他又重返教育部，於八月十九日派武裝員警解散女師大。

4 胡敦復，江蘇無錫人，美國留學生，曾任上海大同大學校長。他在大同大學校長任內，將該校在五卅慘案後禁止學生參加愛國運動的通告，寄給章士釗主辦的《甲寅》週刊發表。通告中有「許（學生）以奮學救國，決不許以廢學出位救國」的話，章士釗對此嘉許說：「此語不圖於今日聞之」，並稱讚他辦的大同大學「成績為公私諸校冠」（一九二五年八月十五日《甲寅》第一卷第五號）。章士釗在解散女師大以後，便叫胡敦復擔任女子大學校長。胡在一九二五年九月就任，同年十二月去職。

5 一九二五年八月十日章士釗下令解散女師大，同日，該校教員及學生即行組織校務維持會，負責校內外一切事務。魯迅於十三日被推舉為委員。該會在女師大復校後，於一九二六年一月十三日交卸職務。

6 指女師大風潮中及北大宣布脫離教育部後，北京朝陽、民國、中國、華北、平民五所私立大學聯名給段祺瑞政府的呈文。由於呈文吹捧段祺瑞政府，誣衊學生運動，要求根本整頓教育，以消隱患，所以《甲寅》週刊第一卷第九號（一九二五年九月十二日）「時評」中稱頌他們「其功固不在禹下，甚冀長此保持光明嚴正之態度」。

7 當時朝陽、民國等五所私立大學曾派代表「謁見」段祺瑞，要求分享金款；段內閣會議決定另撥三十餘萬元給這五所大學。金款，參看〈我觀北大〉注5。

8 一九二五年十二月十四日由陳西瀅、王世杰、燕樹棠等人組成，旨在聲援章士釗創辦的女子大學，反對女師大復校，壓迫該校學生和教育界進步人士。該會成立的次日改名為「國立女子大學後援會」，十六日發出《致北京國立各校教職員聯席會議函》，其中說：「此次國立女子大學，於十二月一日，有人乘京中秩序紊亂之際，率領暴徒攔入校內，強力霸佔，將教職員驅逐，且將該校教務長圍困威脅，詆辱百端……同人等以為女師大應否恢復，目的如何，另屬一問題，而少數人此種橫暴行為，理應在道德上加以切實否認，而主張此等暴行之人，尤應力予貶斥，以清士流。」又說：「對於此次女師大非法之恢復，決不能遷就事實，予以正式之承認，而於該校附和暴徒，自墮人格之教職員，即不能投畀豺虎，亦宜屏諸席外，勿與為伍。」

9 一九二五年十月間劉百昭在女子大學演說時，曾誣衊反對章士釗的人為「土匪」。

10 章士釗解散女師大的非法行為，引起北京教育界和廣大學生的反對，北京大學評議會於一九二五年八月十八日召集會議，通過與教育部脫離關係的議案，宣布獨立。但胡適、陳西瀅、王世杰、燕樹棠等十七人卻以北大「應該早日脫離一般的政潮與學潮，努力向學問的路上走」為藉口，堅決表示反對。他們向評議會提抗議書，又要求學校當局召集教務會議與評議會舉行聯席會議，覆議此案。在幾次會議上，他們或以「退席」相要脅（如胡適等），或聲明無表決權（如王世杰等）；雖終未能推翻原案，卻助長了反動勢力的氣焰。所以章士釗在《甲寅》週刊第一卷第七號（一九二五年八月二十九日）的《說輭》一文中稱讚他們的舉動是「表揚學術獨立之威重，誠甚盛舉」；而擁護北洋軍閥的《大同晚報》也稱他們為「東吉祥派之正人君子」。

11 日本幕府時代失去祿位、四處流浪的武士。江戶時代（一六〇三—一八六七），隨著幕府體制的瓦解，浪人不斷增加。他們無固定職業，常受雇於人，從事各種好勇鬥狠的活動，後來日本帝國主義常用這些人從事各種侵略活動。

12 蕭純錦的啟事，曾刊登於一九二五年十二月三日《京報》。女師大於十一月三十日遷回石駙馬大街原址後，次日開會向各界代表報告經過情形，蕭純錦曾到場，嗾使無賴搗亂，但他在啟事中卻說：「鄙人以善意列席旁聽，橫被威脅，迫令手書辭去教務長職權，本校學生職員見勢危急，在場外大呼不得用武，即誣指為流氓，旋將全校辦公處所一一封閉，驅逐職員，校務即時停頓。」

13 陳西瀅關於「多數」的議論，參看下篇〈這回是「多數」的把戲〉及其注8。

14 這是陳西瀅為紀念《現代評論》創刊一周年所作的《閒話》中自我吹噓的話，見該刊第三卷第五十三期（一九二五年十二月十二日）。

15 這裡指教書而言。林騤在一九二五年二月一日《晨報副刊》發表的《致北京農大校長公開信》中說：「今日身當教員之人，果有幾人真肯為教育犧牲？大多數不外以教習為糊口之職業，而存心借此騙一口飯而已。」

16 都見於《詩經·小雅·巷伯》：「取彼譖人，投畀豺虎；豺虎不食，投畀有北。」據唐代孔穎達疏：「有北，太陰之鄉，使凍殺之。」譖人，造謠的人。

17 泰戈爾（Rab ndran tha h kura，一八六一—一九四一），印度詩人。一九二四年四月曾來中國，並在中國度過他的六十四歲生日。

18 比喻依勢作惡的小人。據《晉書·謝鯤傳》，王敦欲除劉隗，謝鯤說：「隗誠始禍，然城狐社鼠也。」意思是劉隗在皇帝身邊，就像狐狸、老鼠藏身城牆和土地廟（社），要剷除牠們，又怕損壞城、社。

這回是「多數」的把戲[1]

《現代評論》五五期《閒話》的末一段是根據了女大學生的宣言，說女師大學生只有二十個，別的都已進了女大，就深悔從前受了「某種報紙的催眠」。幸而見了宣言，這才省悟過來了，於是發問道：「要是二百人（按據云這是未解散前的數目）中有一百九十九人入了女大便怎樣？要是二百人都入了女大便怎樣？難道女師大校務維持會招了幾個新生也去恢復麼？我們不免要奇怪那維持會維持的究竟是誰呢？他們的目的究竟是什麼呢？」[2]

這當然要為夏間並不維持女師大而現在則出而維持「公理」的陳源教授所不解的。我雖然是女師大維持會的一個委員，但也知道別一種可解的辦法——

二十人都往多的一邊跑，維持會早該趨奉章士釗！

我也是「四五十歲的人愛說四五歲的孩子話」[3]，而且愛學奴才話的，所以所說的也許是笑話。但是既經說開，索性再說幾句罷：要是二百人中有二百另一人入了女大便怎樣？要是維持會員也都入了女大便怎樣？要是一百九十九人入了女大，而剩下的一個人偏不要維持便怎樣？

我想這些妙問，大概是無人能答的。這實在問得太離奇，雖是四五歲的孩子也不至於此，——我們不要小覷了孩子。人也許能受「某種報紙的催眠」，但也因人而異，「某君」只限於「某種」；即如我，就決不受《現代評論》或「女大學生某次宣言」的催眠。假如，倘使我看了《閒話》之後，便撫心自問：「要是二百人中有一百九十九人入了女大便怎樣？……維持會維持的究竟是誰呢？……」那可真要連自己也奇怪起來，立刻對章士釗的木主[4]肅然起敬了。但幸而連陳源教授所據為典要的《女大學生二次宣言》[5]也還說有二十人，所以我也正不必有什麼「杞天之慮」。

記得「公理」時代（可惜這黃金時代竟消失得那麼快），不是有人說解散女師大的是章士釗，女大乃另外設立，所以石駙馬大街的校址是不該歸還的麼？自然，或者也可以這樣說。但我卻沒有被其催眠，反覺得這道理比滿洲人所說的「亡明者闖賊也，我大清天下，乃得之於闖賊，非取之於明」[6]的話還可笑。從表面上看起來，滿人的話，倒還算順理成章，不過也只能騙順民，不能騙遺民和逆民，因為他們知道此中的底細。我不聰明，本也很可以相信的，然而竟不被騙者，因為幸而目睹了十四年前的革命，自己又是中國人。

然而「要是」女師大學生竟一百九十九人都入了女大，又怎樣呢？其實，「要是」章士釗再做半年總長，或者他的走狗們作起祟來，宗帽胡同的學生縱不至於「都入了女大」，但可以被迫脅到只剩一個或不剩一個，也正是意中事。陳源教授畢竟是「通品」[7]，雖是理想也未始沒有實現的可能。那麼，怎麼辦呢？我想，維持。那麼，「目的究竟是什麼呢？」我想，就用一句《閒話》來答覆：「代被群眾專制所壓迫者說幾句公平話」。

可惜正如「公理」的忽隱忽現一樣，「少數」的時價也四季不同的。楊蔭榆時候多數不該「壓迫」少數，現在是少數應該服從多數了。[8]你說多數是不錯的麼，可是俄國的多數主義現在也還叫作過激黨，為大英，大日本和咱們中華民國的紳士們所「深惡而痛絕之」。這真要令我莫名其妙。或者「暴民」是雖然多數，也得算作例外的罷。

「要是」帝國主義者搶去了中國的大部分，只剩了一二省，我們便怎樣？別的都歸了強國了，少數的土地，還要維持麼?!明亡以後，一點土地也沒有了，卻還有竄身海外，志在恢復的人[9]。凡這些，從現在的「通品」看來，大約都是謬種，應該派「在德國手格盜匪數人」[10]，立功海外的英雄劉百昭去剿滅他們的罷。

「要是」真如陳源教授所言，女師大學生只有二十了呢？但是究竟還有二十人。這足可使在章士釗門下暗作走狗而臉皮還不十分厚的教授文人學者們愧死！

十二月二十八日

【注釋】

1 本篇最初發表於一九二五年十二月三十一日《國民新報副刊》。

2 陳西瀅在《現代評論》第三卷第五十五期（一九二五年十二月二十六日）的《閒話》裡說：「我們還是受了某種報紙（按指《京報》）的催眠，以為女大的學生大半是招來的新生，女師大的學生轉入女大的很少。今天看到女大學生第二次宣言，她們說女師大的舊學生不滿二百人，卻有一百八十人轉入女大，讓幾位外界名流維持的『不過二十人』……如此說來，女大和女師大之爭，還是這一百八十人和二十人之爭。」接著就是引在這裡的「發問」的話。

3 這句話見《現代評論》第三卷第五十四期（一九二五年十二月十九日）陳西瀅所作《閒話》：「四五十歲的人愛説四五歲的孩子話，那自然是各人的自由。」

4 也叫神主，寫有死者姓名當作供奉神位的木牌。因為那時章士釗已卸去教育總長職，所以這裡用這個詞。

5 這篇宣言載於一九二五年十二月二十四日《晨報》。其中説：「女師大學生原來不滿二百人，而轉入女大者，有一百八十人……女師大之在宗帽胡同者，其數不過二十人。」

6 這是清初攝政王多爾袞致明臣史可法信中的話，原作：「國家（按指清朝）之撫定燕都，乃得之於闖賊，非取之於明朝也。」

7 這是章士釗稱讚陳西瀅的話。參看本書〈題記〉注4。

8 陳西瀅在《閒話》裡談到多數與少數的問題時，常表示反對多數的意見。如《現代評論》第二卷第二十九期（一九二五年六月二十七日）關於五卅慘案的《閒話》説：「我向來就不信多數人的意思總是對的。我可以説多數人的意思是常常錯的。」在同卷第四十期（一九二五年九月十二日）的《閒話》裡，他又把「多數」説成是「群眾專制」。但當女子大學學生不願退出女師大原址而發生紛爭時，他卻又説少數應該服從多數了。

9 指明亡以後堅持抗清的鄭成功（一六二四—一六六二）、張煌言（一六二〇—一六六四）、朱之瑜（一六〇〇—一六八二）等人。

10 一九二五年八月十九日，劉百昭至女師大校址籌設女子大學，與女師大學生發生衝突，他在當日給章士釗的呈文中誣衊學生説：「有三四暴生，遷怒百昭為解散女師大之主使者，即實行哄拉百昭出校，當謂男女授受不親，諸生不得如此無禮，而諸生不顧，仍哄拉如故。……同時有男子二十餘人前來。……當持各校滬案後援會名片，請百昭往會客廳談話。……有數男子拍案叫罵，勢將動武，百昭正色，告以……本人稍嫻武術，在德時曾徒手格退盜賊多人，諸君若以武力相加，則本人勢必自衛，該男女等恃其人眾，仍欲合圍叢擊。」

後記

本書中至少有兩處，還得稍加說明——

一，徐旭生先生第一次回信中所引的話，是出於ZM君登在《京報副刊》（十四年三月八日）上的一篇文章[1]的。其時我正因為回答「青年必讀書」，說「不能作文算什麼大不了的事」，很受著幾位青年的攻擊[2]。ZM君便發表了我在講堂上口說的話，大約意在申明我的意思，給我解圍。現在就鈔一點在下面——

「讀了許多名人學者給我們開的必讀書目，引起不少的感想；但最打動我的是魯迅先生的兩句附注，……因這幾句話，又想起他所講的一段笑話來。他似乎這樣說：

「『講話和寫文章，似乎都是失敗者的徵象。正在和運命惡戰的人，顧不到這些；真有實力的勝利者也多不做聲。譬如鷹攫兔子，叫喊的是兔子不是鷹；貓捕老鼠，啼呼的是老鼠不是貓……。又好像楚霸王[3]……追奔逐北的時候，他並不說什麼；等到擺出詩人面孔，飲酒唱歌，那已經是兵敗勢窮，死日臨頭了。最近像吳佩孚[4]名士的「登彼西山，賦彼其詩」，齊燮元[5]先生的「放下槍枝，拿起筆幹」，更是明顯的例了。』」

二，近幾年來，常聽到人們說學生囂張，不單是老先生，連剛出學校而做了小官或教員的也往往這麼說。但我卻並不覺得這樣。記得革命以前，社會上自然還不如現在似的憎惡學生，學生也沒有目下一般馴順，單是態度，就顯得桀傲，在人叢中一望可知。現在卻差遠了，大抵長袍大袖，溫文爾雅，正如一個古之讀書人。我也就在一個大學的講堂上提起過，臨末還說：其實，現在的學生是馴良的，或者竟可以說是太馴良了……。武者君登在《京報副刊》（約十四年五月初）上的一篇《溫良》中，所引的就是我那時所說的這幾句話。

我因此又寫了《忽然想到》第七篇，其中所舉的例，一是前幾年被稱為「賣國賊」者的子弟曾大受同學唾罵，二是當時女子師範大學的學生正被同性的校長使男職員威脅。我的對於女師大風潮說話，這是第一回，過了十天，就「碰壁」；又過了十天，陳源教授就在《現代評論》上發表「流言」，過了半年，據《晨報副刊》（十五年一月三十日）所發表的陳源教授給徐志摩「詩哲」的信[6]，則「捏造事實傳布流言」的倒是我了。

真是世事白雲蒼狗[7]，不禁感慨繫之矣！

又，我在《「公理」的把戲》中說楊蔭榆女士「在太平湖飯店請客之後，任意將學生自治會員六人除名」，那地點是錯誤的，後來知道那時的請客是西長安街的西安飯店。等到五月二十一日即我們「碰壁」的那天，這才換了地方，「由校特請全體主任專任教員評議會會員在太平湖飯店開校務緊急會議，解決種種重要問題。」請客的飯館是那一個，和緊要關鍵原沒有什麼大相干，但從「所有的批評都本於學理和事實」的所謂「文士」學者之流看來，也許又是「捏造事實」，而且因此就證明了凡我所說，無一句真話，甚或至於連楊蔭榆女士也本無其人，都是我憑空結撰的了。這於我是很不好的，所以趕緊訂正於此，庶幾「收之桑榆」[8]云。

一九二六年二月十五日校畢記。仍在綠林書屋之東壁下

【注釋】

1 ZM的文章題為《魯迅先生的笑話》，參看《集外集拾遺補編·通訊（覆孫伏園）》。

2 參看作者當時所寫的《聊答「……」》《報「奇哉所謂……」》等文（收入《集外集拾遺》）。

3 即項羽。據《史記·項羽本紀》，項羽被劉邦圍困於垓下的時候，「夜起，飲帳中……悲歌慷慨，自為詩曰：『力拔山兮氣蓋世，時不利兮騅不逝。騅不逝兮可奈何，虞兮虞兮奈若何。』」隨後就敗退烏江，自刎而死。

4 吳佩孚（一八七三—一九三九），字子玉，山東蓬萊人，北洋軍閥直系首領。他原是清代的秀才，在當時報刊上，常有似通非通的詩作發表，所以這裡稱之為「名士」。在魯迅發表這談話之前不久（一九二五年一月間），吳佩孚正因在奉直戰爭中失敗，暫時隱居湖北武昌西山的廟中。（據一九二五年一月七日《京報》）

5 齊燮元（一八七九—一九四六），河北寧河人，北洋直系軍閥。抗日戰爭時期成為漢奸。他也是秀才出身。一九二五年一月間，他在與皖系軍閥盧永祥作戰失敗後，避居日本別府。他在那裡對記者說：「不圖數載之間，竟將軍人生活達到止境，然予一方面猶可為文人，今後將以數年光陰費於著述之上，故特借日本之山水，抒予心氣」。（據一九二五年二月四日《京報》）

6 指一九二六年一月三十日《晨報副刊》所載《閒話的閒話之閒話引出來的幾封信》之九：《西瀅致志摩》。其中充滿對魯迅的誣衊。參看《華蓋集續編·不是信》。徐志摩（一八九七—一九三一），名章垿，字志摩，浙江海寧人。曾任北京大學教授，《晨報副刊》編輯，他是新月派詩人，一九二四年印度詩人泰戈爾來華時，曾追隨左右，因此被一些人稱為「詩哲」。

7 唐代杜甫《可嘆》詩：「天上浮雲如白衣，斯須改變如蒼狗。」變幻無常的意思。

8 語見《後漢書·馮異傳》：「可謂失之東隅，收之桑榆。」東隅，指日出處；桑榆，指日落時餘光照耀處。比喻起初雖有所失，但終於得到了補救。

魯迅年表

一八八一年

九月二十五日（農曆八月初三日）出生於浙江省紹興府會稽縣東昌坊口周家。取名樟壽，字豫山，後改名樹人，字豫才；一九一八年發表小說《狂人日記》時始用筆名「魯迅」。

一八八七年　六歲

入家塾，從叔祖玉田讀書。

一八九二年　十一歲

入三味書屋私塾，從壽鏡吾先生讀書。

一八九三年　十二歲

秋，祖父周介孚因科場案入獄。魯迅被送往外婆家暫住，接觸了一些農民生活，與農民的孩子建立了純真的感情。

一八九四年　十三歲

春，回家，仍就讀於三味書屋。

冬，父周伯宜病重。為求醫買藥，常出入於當鋪、藥店。

一八九六年　十五歲

十月，父周伯宜病故，終年三十七歲。

一八九八年　十七歲

五月，往南京考入江南水師學堂求學。

十月，因不滿水師學堂的腐敗、守舊，改考入江南礦路學堂（全稱為「江南陸師學堂附設礦務鐵路學堂」）。魯迅這時受了康梁維新的影響，又讀到了《天演論》等譯著，開始接受進化論與民主思想。

一九〇一年　二十歲

繼續在礦路學堂求學。十一月，到青龍山煤礦實習。

一九〇二年　二十一歲

一月，從礦路學堂畢業。

四月，由江南督練公所派往日本留學，入東京弘文書院學習日語。

十一月，與許壽裳、陶成章等百餘人在東京組成浙江同鄉會，決定出版《浙江潮》月刊。課餘積極參加當時愛國志士的反清革命活動。

一九〇三年　二十二歲

三月，剪去髮辮，攝「斷髮照」，並題七絕詩〈靈台無計逃神矢〉一首於照片背後贈許壽裳。

六月，在《浙江潮》第五期發表〈斯巴達之魂〉與譯文〈哀聖〉（法國雨果的隨筆）。

十月，在《浙江潮》第八期發表〈說錫〉與〈中國地質論〉。所譯法國凡爾納的科學小說《月界旅行》由東京進化社出版。

十二月，所譯凡爾納科學小說《地底旅行》第一、二回在《浙江潮》第十期發表，該書的全譯本後於一九〇六年由南京城新書局出版。

一九〇四年　二十三歲

四月，在弘文書院結業。

九月，入仙台醫學專門學校求學。魯迅後來在講到自己學醫的動機時說：「我的夢很美滿，預備卒業回來，救治像我父親般被誤的病人的疾苦，戰爭時候便去當軍醫，一面又促進了國人對於維新的信仰。」（《吶喊．自序》）

一九〇六年　二十五歲

一月，在看一部反映日俄戰爭的幻燈片時深受刺激：一個體格健壯的中國人被日軍指為俄探，砍頭示眾，而被殺者與圍觀的中國人卻都神情麻木，魯迅由此而感到要拯救中國，「醫學並非一件緊要事」，更重要的是「改變他們的精神」，於是決定棄醫從文，用文藝來改變國民精神。
三月，從仙台醫學專門學校退學，到東京開始從事文藝活動。
夏秋間，奉母命回紹興與山陰縣朱安女士完婚。婚後即返東京。

一九〇七年　二十六歲

夏，與許壽裳等籌辦文藝雜誌《新生》，未實現。
冬，作〈人之歷史〉、〈科學史教篇〉、〈文化偏至論〉、〈摩羅詩力說〉，都發表在河南留學生主辦的《河南》月刊上。

一九〇八年　二十七歲

加入反清秘密革命團體光復會（一說一九〇四年）。
繼續為《河南》月刊撰稿，著《破惡聲論》（未完），翻譯匈牙利籁息的《裴彖飛詩論》。
夏，與許壽裳、錢玄同、周作人等請章太炎在民報社講解《說文解字》。

一九〇九年　二十八歲

三月，與周作人合譯《域外小說集》第一冊出版；七月，出版第二冊。
八月，結束日本留學生活，回國，任杭州浙江兩級師範學堂生理學、化學教員。

一九一〇年　二十九歲

九月，改任紹興府中學堂生物學教員及監學。授課之餘，開始輯錄唐以前的小說佚文（後彙成《古小說鉤沉》）及有關會稽的史地佚文（後彙成《會稽郡故書雜集》）。

一九一一年　三十歲

十月，辛亥革命爆發；十一月，杭州光復。為迎接紹興光復，魯迅曾率領學生武裝演說隊上街宣傳革命，散發傳單。紹興光復後，以王金發為首的紹興軍公政府委任魯迅為浙江山會初級師範學堂監督。

文言短篇小說《懷舊》作於本年。

一九一二年　三十一歲

一月三日，在《越鐸日報》創刊號上發表〈《越鐸》出世辭〉。

二月，辭去山會初級師範學堂監督職，應教育總長蔡元培邀請，到南京任教育部部員。

五月，隨臨時政府遷往北京，任教育部僉事與社會教育司第一科科長。

一九一三年　三十二歲

二月，發表《儗播布美術意見書》。

六月下旬，回紹興省母，八月上旬返京。
十月，校錄《稽康集》，並作〈稽康集·跋〉。

一九一四年　三十三歲

四月起，開始研究佛學。
十一月，輯《會稽故書雜集》成，並作序文。

一九一五年　三十四歲

九月一日，被教育部任命為通俗教育研究會小說股主任。
本年開始在公餘搜集、研究金石拓本，尤側重漢代、六朝的繪畫藝術。

一九一六年　三十五歲

公餘繼續研究金石拓本。
十二月，母六十壽，回紹興。次年一月回北京。

一九一七年　三十六歲

七月三日，因張勳復辟，憤而離職；亂平後，十六日回教育部工作。

一九一八年　三十七歲

四月二日，〈狂人日記〉寫成，這是我國新文學中的第一篇白話小說，發表於五月號《新青年》，始用「魯迅」的筆名。

七月二十日，作論文〈我之節烈觀〉，抨擊封建禮教，發表於八月出版的《新青年》。

九月開始，在《新青年》「隨感錄」欄陸續發表雜感。

冬，作小說《孔乙己》。

一九一九年　三十八歲

四月二十五日，作小說《藥》。

六月末或七月初，作小說《明天》。

八月十二日，在北京《國民公報》「寸鐵」欄用筆名「黃棘」發表短評四則。

八月十九日至九月九日，在《國民公報》「新文藝」欄以「神飛」為筆名，陸續發表總題為〈自言自語〉的散文詩七篇。

十月，作論文〈我們現在怎樣做父親〉。

十二月一日至二十九日，返紹興遷家，接母親、朱安和三弟建人至北京。

十二月一日，發表小說《一件小事》。

一九二〇年　三十九歲

八月五日，作小說《風波》。

八月十日，譯尼采《查拉圖斯特拉的序言》畢，發表於九月出版的《新潮》第二卷第五期。

本年秋開始兼任北京大學、北京高等師範學校講師。

一九二一年　四十歲

一月，作小說《故鄉》。

二、三月，重校《稽康集》。

十二月四日，所作小說《阿Q正傳》在北京《晨報副刊》開始連載，至次年二月二日載畢。

一九二二年　四十一歲

二月，發表雜文〈估《學衡》〉，再校《稽康集》。

五月，譯成愛羅先珂的童話劇《桃色的雲》，次年由上海商務印書館出版；與周建人、周作人合譯的《現代小說譯叢》，由上海商務印書館出版。

六月，作小說《白光》、《端午節》。

十一月，作歷史小說《不周山》（後改名《補天》）。

十二月，編成小說集《吶喊》，並作〈自序〉，次年由北京新潮社出版。

一九二三年　四十二歲

六月，與周作人合譯的《現代日本小説集》由上海商務印書館出版。

七月，與周作人關係破裂；八月二日租屋另住。

九月十七日開始，在北京世界語專門學校講授中國小説史，至一九二五年三月結束。

十二月，《中國小説史略》上冊由北京新潮社出版。

十二月二十六日，在北京女子師範大學講演，題為〈娜拉走後怎樣〉。

本年秋季起，除在北大、北師大兼任講師外，又兼任北京女子高等師範學校講師。

一九二四年　四十三歲

一月十七日，在北京師範大學作題為〈未有天才之前〉的講演。

二月作小説《祝福》、《在酒樓上》、《幸福的家庭》。

三月，作小説《肥皂》。

六月，《中國小説史略》下冊由北京新潮社出版。該書次年九月合成一冊由北京北新書局出版。

七月，應西北大學與陝西教育廳之邀，赴西安講學，講題為〈中國小説的歷史的變遷〉。

八月十二日返京。

九月開始寫〈秋夜〉等散文詩，後結集為散文詩集《野草》。

十月，譯畢日本廚川白村的《苦悶的象徵》。本年十二月由北京新潮社出版。

十一月十七日，《語絲》周刊創刊，魯迅為發起人與主要撰稿人之一。創刊號上刊出魯迅的雜文《論雷峰塔的倒掉》。

一九二五年　四十四歲

從一月十五日起，以〈忽然想到〉為總題，陸續作雜文十一篇，至六月十八日畢。

二月二十八日，作小說《長明燈》。

三月十八日，作小說《示眾》。

三月二十一日，作散文〈戰士與蒼蠅〉，對誣蔑孫中山先生的無恥之徒作了猛烈的抨擊。魯迅後來在《集外集拾遺·這是這麼一個意思》中談到這篇散文時說：「所謂戰士者，是指中山先生和民國元年前後殉國而反受奴才們譏笑糟蹋的先烈；蒼蠅則當然是指奴才們。」

五月一日，作小說《高老夫子》。

五月十二日，出席北京女子師範大學學生自治會召開的師生聯席會議，支持學生反對封建家長式統治的正義鬥爭。

八月十四日，被段祺瑞政府教育總長章士釗非法免除教育部僉事職。八月二十二日，魯迅向平政院投交控告章士釗的訴狀。次年一月十七日，魯迅勝訴，原免職之處分撤銷。

十月，作小說《孤獨者》、《傷逝》。
十一月，作小說《弟兄》、《離婚》。
十一月三日，編定一九二四年以前所作之雜文，書名《熱風》，本月由北京北新書局出版。
十二月，所譯日本廚川白村的文藝論集《出了象牙之塔》由北京未名社出版。
十二月二十九日，作論文〈論「費厄潑賴」應該緩行〉。
十二月三十一日，編定雜文集《華蓋集》，並作〈題記〉，次年六月由北京北新書局出版。

一九二六年　四十五歲

二月二十一日，開始寫作回憶散文〈狗・貓・鼠〉等，後結集為回憶散文集《朝花夕拾》，一九二八年九月由北京未名社出版。
三月十日，作《孫中山先生逝世後一周年》，頌揚孫中山先生的革命精神。
三月十八日，段祺瑞政府槍殺愛國請願學生的「三一八慘案」發生。為聲援愛國學生，揭露軍閥政府的暴行，魯迅陸續寫作了〈無花的薔薇之二〉、〈死地〉、〈紀念劉和珍君〉等雜文、散文多篇。因遭北洋軍閥政府通緝，曾被迫離寓至山本醫院、德國醫院等處避難十餘日。
八月一日，編《小說舊聞鈔》，作序言，當月由北京北新書局出版。
八月二十六日，應廈門大學邀請，赴任該校國文系教授兼國學研究院教授，啟程離北京。許廣平同車離京，赴廣州。
八月，小說集《徬徨》由北京北新書局出版。
九月四日，抵廈門大學。
十月十四日，編定雜文集《華蓋集續編》，並作〈小引〉，次年由北京北新書局出版。
十月三十日，編定論文與雜文合集《墳》，並作〈題記〉，次年三月由北京未名社出版。
十二月，因不滿於廈門大學的腐敗，決定接受中山大學的聘請，辭去廈門大學的職務。
十二月三十日，作歷史小說《奔月》。

一九二七年　四十六歲

一月十六日離廈門，十九日到廣州中山大學，出任該校文學系主任兼教務主任。
二月十八日，應邀赴香港講演，講題為〈無聲的中國〉和〈老調子已經唱完〉，二十日回廣州。
四月八日，在黃埔軍官學校講演，題為〈革命時代的文學〉。
四月十五日，為營救被捕的進步學生，參加中山大學系主任會議，無效，於二十九日提出辭職。
四月二十六日，編散文詩集《野草》成，作〈題辭〉。七月，該書由北京北新書局出版。
七月二十三日，應邀在廣州暑期學術講演會上發表題為〈魏晉風度及文章與藥及酒之關係〉的講演。
八月二十二日至二十四日，編《唐宋傳奇集》成，由北京北新書局在本年十二月及次年二月分上下冊出版。
九月二十七日，偕許廣平乘輪船離廣州，十月三日抵達上海，十月八日開始同居生活。
十二月十七日，《語絲》周刊被奉系軍閥封閉，由北京移至上海繼續出版，魯迅任主編，次年十一月辭去主編職。
十二月二十一日，應邀在上海暨南大學演講，題為〈文藝與政治的歧途〉。

一九二八年　四十七歲

二月十一日，譯日本板垣鷹穗的《近代美術思潮論》畢，次年由上海北新書局出版。
二月二十三日，作文藝評論《「醉眼」中的朦朧》。
四月三日，譯日本鶴見佑輔隨筆集《思想．山水．人物》畢，次年五月由上海北新書局出版。
六月二十日，與郁達夫合編的《奔流》月刊創刊。
十月，雜文集《而已集》由上海北新書局出版。

一九二九年　四十八歲

二月十四日，譯日本片上伸的論文《現代新興文學的諸問題》畢，並作〈小引〉，本年四月由上海大江書鋪出版。

四月二十二日，譯蘇聯盧那察爾斯基的論文集《藝術論》畢，並作〈小引〉，本年六月由上海大江書鋪出版。

四月二十六日，作〈《近代世界短篇小說集》小引〉。該書由魯迅、柔石等編譯，分兩冊，先後於本年四月、九月由上海朝花社出版。

五月十三日，離上海北上探親，十五日抵北平。在北平期間，先後應燕京大學、北京大學第二院、北平大學第二師範學院等院校之邀講演。六月三日啟程南返，五日抵滬。

八月十六日，譯蘇聯盧那察爾斯基的論文集《文藝與批評》畢，本年十月由上海水沫書店出版。

九月二十七日，子海嬰出生。

十二月四日，應上海暨南大學之邀，前往講演，題為〈離騷與反離騷〉。

一九三〇年　四十九歲

一月一日，《萌芽月刊》創刊，魯迅為主編人之一。

二月八日，《文藝研究》創刊，魯迅主編，並作〈《文藝研究》例言〉。這個刊物僅出一期。

二月至三月間，先後在中華藝術大學、大夏大學、中國公學分院作演講，共四次，題目分別為〈繪畫漫論〉、〈美術上的現實主義問題〉、〈象牙塔與蝸牛廬〉和〈美的認識〉。

三月二日，中國左翼作家聯盟（簡稱「左聯」）成立，在成立大會上發表〈對於左翼作家聯盟的意見〉的演講，並被選為執行委員。

三月十九日，得知被政府通緝的消息，離寓暫避，至四月十九日。

五月八日，譯完蘇聯普列漢諾夫《藝術論》，並為之作序，本年七月由上海光華書局出版。

八月三十日，譯蘇聯阿·雅各武萊夫小說《十月》成，並作後記，一九三三年二月由上海神州國光社出版。

九月二十五日為魯迅五十壽辰（虛歲）。文藝界人士十七日舉行慶祝會，魯迅出席。

九月二十七日，編德國版畫家梅斐爾德的《士敏士之圖》畫集成，並為之作序。次年二月以三閒書屋名義自費印行。

十一月二十五日，修訂《中國小說史略》畢，並作〈題記〉。修訂本次年七月由上海北新書局出版。

十二月二十六日，譯成蘇聯法捷耶夫的小說《毀滅》，次年九月由上海大江書鋪出版，十月以三閒書屋名義再版。

一九三一年　五十歲

一月二十日，因「左聯」五位青年作家被捕而離寓暫避，二十八日回寓。五位青年作家遇難後，魯迅在「左聯」內部刊物上撰文，並為美國《新群眾》雜誌作〈黑暗中國的文藝界的現狀〉。

四月一日，校閱孫用譯匈牙利裴多菲的長詩〈勇敢的約翰〉畢，並為之作〈校後記〉。

七月二十日，校閱李蘭譯美國馬克・吐溫的小說《夏娃日記》畢，並於九月二十七日為之作〈小引〉。

九月二十一日，就「九一八」事變，發表《答文藝新聞社問》，揭露日本帝國主義的侵略野心。

十二月二十七日，作文藝評論《答北斗雜誌社問》。

一九三二年　五十一歲

一月三十日，因「一二八」戰事，寓所受戰火威脅而離寓暫避，三月十九日返寓。

二月三日，與茅盾、郁達夫等共同簽署《上海文化界告全世界書》，抗議日本帝國主義的侵華暴行。

四月二十四日，雜文集《三閒集》編成，並作序，本年九月由上海北新書局出版。

四月二十六日，雜文集《二心集》編成，並作序，本年十月由上海合眾書店出版。

九月，編集與曹靖華等合譯的蘇聯短篇小說兩冊，一冊名《豎琴》，另一冊名《一天的工作》，各作〈前記〉與〈後記〉，二書均於一九三三年由上海良友圖書公司出版。一九三六年再版時合為一冊，改名為《蘇聯作家二十人集》。
十月十日，作文藝評論《論「第三種人」》。
十月二十五日，作文藝評論《為「連環圖畫」辯護》。
十一月九日，因母病北上探親，十三日抵北平。在北平期間，先後應北京大學第二院、輔仁大學、女子文理學院、北京師範大學與中國大學之邀前往講演，講題分別為〈幫忙文學與幫閒文學〉、〈今春的兩種感想〉、〈革命文學與遵命文學〉、〈再論「第三種人」〉和〈文力與武力〉。三十日返抵上海。
十二月十四日，作〈《自選集》自序〉。《魯迅自選集》於次年三月由上海天馬書店出版。
十二月十六日，編定《兩地書》（魯迅與許廣平的通信集）並作序，次年四月由上海北新書局以「青光書局」名義出版。
十二月，與柳亞子等聯名發表《中國著作家為中蘇復交致蘇聯電》。

一九三三年　五十二歲

一月六日，出席中國民權保障同盟臨時執行委員會會議，被推舉為上海分會執行委員。
二月七、八日，作散文〈為了忘卻的紀念〉。
二月十七日，在宋慶齡寓所參加歡迎英國作家蕭伯納的午餐會。

三月二十二日，作〈英譯本《短篇小說選集》自序〉。
五月十三日，與宋慶齡、楊杏佛等赴上海德國領事館，遞交《為德國法西斯壓迫民權摧殘文化的抗議書》。
五月十六日，作雜文〈天上地下〉。
六月二十六日，作雜文〈華德保粹優劣論〉。
六月二十八日，作雜文〈華德焚書異同論〉。
七月十九日，雜文集《偽自由書》編定，作〈前記〉，三十日作〈後記〉，本年十月由上海北新書局以「青光書局」名義出版。
七月七日，與美國黑人詩人休斯會晤。
八月二十七日，作文藝評論《小品文的危機》。
九月三日，世界反對帝國主義戰爭委員會在上海召開遠東會議，魯迅被推選為主席團名譽主席，但未能出席會議。
十二月二十五日，為葛琴的小說集《總退卻》作序。
十二月三十一日，雜文集《南腔北調集》編定，並作〈題記〉，次年三月由上海聯華書局以「同文書局」名義出版。

一九三四年　五十三歲

一月二十日，為所編蘇聯版畫集《引玉集》作〈後記〉，本年三月以「三閒書屋」名義自費印行。

三月十日，編定雜文集《準風月談》作〈前記〉，十月二十七日作〈後記〉，本年十二月由上海聯華書局以「興中書局」名義出版。

三月二十三日，作《答國際文學社問》。

五月二日，作文藝評論《論「舊形式的採用」》。

六月四日，作雜文〈拾來主義〉。

七月十八日，編定中國木刻選集《木刻紀程》並作〈小引〉，本年八月由鐵木藝術社印行。

八月一日，作散文〈憶劉半農君〉。

八月九日，編《譯文》月刊創刊號，任第一至第三期主編，並作〈《譯文》創刊前記〉。

八月十七至二十日，作論文〈門外文談〉。

八月，作歷史小說《非攻》。

十一月二十一日，為英文月刊作雜文〈中國文壇上的鬼魅〉。

十二月二十日，編定《集外集》，作序言。本書次年五月由群眾圖書公司出版。

一九三五年　五十四歲

一月一日至十二日，譯成蘇聯班台萊夫的兒童小說《錶》，本年七月由上海生活書店出版。

二月十五日，着手翻譯俄國果戈里的小說《死魂靈》第一部，十月六日譯畢，本年十一月由上海文化生活出版社出版。
二月二十日，《中國新文學大系·小說二集》編選畢，並為之作序。本年七月由上海良友圖書印刷公司出版。
三月二十八日，作〈田軍作《八月的鄉村》序〉。
四月二十九日，為日本改造社用日文寫《在現代中國的孔夫子》。
六月十日起陸續作以〈題未定草〉為總題的雜文，至十二月十九日止，共八篇。
八月八日，為所譯高爾基《俄羅斯的童話》作〈小引〉，該書十月由上海文化出版社出版。
十一月十四日，作〈蕭紅作《生死場》序〉。
十一月二十九日，作歷史小說《理水》畢。
十二月二日，作文藝評論《雜談小品文》。
十二月，作歷史小說《采薇》、《出關》、《起死》；與前作《補天》、《奔月》、《鑄劍》、《理水》、《非攻》一起彙編成《故事新編》，本月二十六日作序，次年一月由上海文化生活出版社出版。
十二月三十日，作《且介亭雜文》序及附記，十二月三十一日，作《且介亭雜文二集》序及後記；本月還曾著手編《集外集拾遺》，因病中止。

一九三六年　五十五歲

一月二十八日，《凱綏·珂勒惠支版畫選集》編定，並作〈序目〉，本年五月自費以三閒書屋名義印行。

二月二十三日，為日本改造社用日文寫《我要騙人》。

三月二日，肺病轉重，量體重，僅三十七公斤。

三月下旬，扶病作〈《海上述林》上卷序言〉，四月底，作〈《海上迷林》下卷序言〉。該書署「諸夏懷霜社教印」，上卷於本年五月出版，下卷於本年十月出版。

四月十六日，作雜文《三月的租界》。

六月九日，作《答托洛斯基派的信》。

八月三日至五日，作《答徐懋庸並關於抗日統一戰線問題》。

九月五日，作散文〈死〉。

十月八日，往青年會參觀第二次全國木刻流動展覽會，並與青年木刻藝術家座談。

十月九日，作散文〈關於太炎先生二三事〉。

十月十七日，執筆寫作一生中最後的一篇作品《因太炎先生而想起的二三事》，未完篇輟筆。

十月十九日晨三時半，病勢劇變，延至五時二十五分病逝於上海。

精選：3

集【經典新版】

魯迅
人：陳曉林
所：風雲時代出版股份有限公司
址：10576台北市民生東路五段178號7樓之3
電話：(02) 2756-0949
傳真：(02) 2765-3799
執行主編：朱墨菲
美術設計：吳宗潔
行銷企劃：林安莉
業務總監：張瑋鳳

初版日期：2021年7月
ISBN：978-986-352-979-8

風雲書網：http://www.eastbooks.com.tw
官方部落格：http://eastbooks.pixnet.net/blog
Facebook：http://www.facebook.com/h7560949
E-mail：h7560949@ms15.hinet.net
劃撥帳號：12043291
戶名：風雲時代出版股份有限公司

風雲發行所：33373桃園市龜山區公西村2鄰復興街304巷96號
電話：(03) 318-1378
傳真：(03) 318-1378
法律顧問：永然法律事務所 李永然律師
北辰著作權事務所 蕭雄淋律師

行政院新聞局局版台業字第3595號 營利事業統一編號22759935

定價：240元

國家圖書館出版品預行編目資料

華蓋集 / 魯迅著. -- 初版. -- 臺北市：風雲時代出版股份有限公司, 2021.03　面；　公分. -- (魯迅雜文精選；3)

ISBN 978-986-352-979-8(平裝)

855　　　　109022282